ワケあり公爵様との溺愛後妻生活
想像以上の甘々婚はじめます

小山内慧夢
✦
Illustration
天路ゆうつづ

gabriella books

ワケあり公爵様との溺愛後妻生活
想像以上の甘々婚はじめます

c o n t e n t s

1. 出逢いは予想もしない方向か ………… 4

2. 契約結婚するなんて ……………………… 22

3. 初夜とは甘く蕩かされるもの …………… 91

4. 遅い恋とはままならぬもの …………… 139

5. 嫉妬とは疼くもの …………………………… 166

6. 求婚とは改めてするもの? ……………… 278

あとがき ……………………………………… 301

1. 出逢《であ》いは予想もしない方向から

はあ。

エステル・ヘルレヴィは壁に凭《もた》れてため息をついた。

シンプルなドレスは寄りかかるのに不便がなくて助かる――などと思いながら。

艶《つや》のある蜂蜜《はちみつ》色の髪に落ち着いた灰色の瞳を持つエステルは、黙っていれば憂《うれ》いを帯びた、そこそこ美しい娘である。

しかし性格や物言いがサバサバしているため、本性には憂いの「う」の字も見当たらない。

ヘルレヴィ男爵令嬢であるエステルは現在、親戚に当たる貴族が主催した夜会に出席中で、ここで相手を見つけるように親から命じられていた。

（いや、相手なんてそう簡単に見つかるわけがないってば）

蜂蜜色の髪をひと房つまむとクルクルと指に巻き付ける。

特に金を掛けた手入れをしなくても、エステルの髪は艶を失わず目を引くほどに美しい。

ひそかに自慢に思っているほどだ。

エステルは今年二十三歳で結婚適齢期と言える年齢だ。

しかし未《いま》だに婚約者もなくこうして壁の花に甘んじているのには訳がある。

親や知り合いの勧めで人と会っても、ドキンともトクンとも胸が高鳴らないのだ。

もちろん胸が高鳴ることが結婚の必須条件ではないが、エステルはときめきたかった。

世の中には家柄や財産、もしくは親や家同士のしがらみで結婚を決めることも多々あると聞く。

が、幸か不幸かエステルにはそのような縛りはない。

同年代の令嬢たちが嫁《い》き遅れにならないように先を争って結婚する段になってもエステルはいつになっても特定の相手を作らない。

どうして婚約や結婚をしないのかと聞かれると、エステルは決まってこう答える。

「結婚に興味が持てないの」

実は嘘《うそ》だ。

仲睦《むつ》まじい両親を見て育ったエステルは、胸のときめくまま、幸せな結婚をしたいと常々思っていた。

愛し愛され、喧嘩《けんか》をしても仲直りできる関係に憧れている。

いつか白馬に乗った王子様が現れるなんて子供じみた夢を見ているわけではないが、自分も両親のように幸せな家庭を築きたい。

でも、できるのだろうか。

今までときめいたことがないのに。

エステルと会ったとある紳士は、男に意見するエステルが気に食わないと言った。

またとある紳士は男爵家の者であるというだけで蔑《さげす》んだ。

胸がもっと大きくなければと嘆く者もいれば、自分をしがない平民だと必要以上に卑下する者もいた。

身分がなくてもあっても駄目、自分の意見を持つことも許されない。

容姿にひとつでも気に食わない点があれば、落第。

ときめく相手を見つけるのも一苦労である。

いずれ結婚はしないといけないと思っていたが、そんな窮屈な条件に縛られるのは御免だと思っているうちにエステルは他の問題に気付いてしまった。

そのせいでエステルは、無理に結婚しなくてもいいのではないかと思うようになっていく。


先日、親戚からそろそろ相手を決めなさいと小言を言われてしまった。少し俯《うつむ》いたエステルの肩を父親のセザールが叩《たた》いた。

「……多分エステルはまだ運命の人に出逢っていないだけさ」

父の慰めが虚《うつ》ろに響く。

セザールは未来に目を向けるように言うが、エステルはため息をつく。

「そうかもね……」

浮かない表情のエステルを鼓舞するように、セザールは声を張る。

「とりあえず今度参加する夜会で、相手を見つけてきなさい！」

「えっ」

セザールの提案にエステルは目を剥《む》く。

該当の夜会はルドワヤン伯爵主催。

ルドワヤン伯爵と言えば社交界のご意見番として有名だ。

付け加えるならその夫人は母ミシェルの姉で、エステルにとっては伯母にあたる。

伯爵夫人の主催する夜会はいつも評判がよく人が集まる。

セザールは人が多ければエステルと気が合う人物もいるだろうという考えだろうが、そうではない。

人が多いから出会えないのだ。

「あの、わたしはそういう華やかな場での出会いは求めていないので……！」

焦るエステルにセザールは呆《あき》れたように諭す。

「なにも結婚相手を捕まえてこいとは言っているわけじゃない。付き合いを持つことが大切なのだと知ってほしいのだ。人との繋《つな》がりは人生における財産だ」

いいな、と念押ししてセザールは踵《きびす》を返して行ってしまった。

そんな事情があって参加した夜会だが、エステルは結局壁の花になっている。

誘いをかけてくる紳士はいるが、続けて三人ほど断ると『アレは駄目だ』という噂《うわさ》が紳士の間で回ったのだろう。

すぐにエステルに声を掛けようとする波が引いた。

紳士たちとて、脈のない淑女に声を掛けて時間を無駄にするよりは、少しでも脈のある淑女に的を絞ったほうがいいと判断するのは当然だ。

エステルは準備されている軽食を摘まみながら、煌《きら》びやかな夜会の風景を見ていた。

着飾り興奮したような表情の人々を少し羨ましいと思う。

夢中になれる人がいるのは、楽しいのだろう。

胸がときめく相手なら、なおさら。

よく恋をすると花が飛んだり、キラキラと光って見えたりするとかいう比喩を聞いたことがある。

そんな経験を一度でいいからしてみたいものだとエステルがため息をつくと、死角から声が掛けられた。

「あらあ、エステル様。今夜も暇そうねぇ」

可愛《かわい》らしくも威厳のある声はマルロー伯爵令嬢ロマーヌだ。

取り巻きを従えて、大きな羽飾りのついた扇を手にしている。

ロマーヌとはデビュタントが一緒だったこともあり仲良くしていたつもりだったが、そう思っていたのはエステルだけだったらしい。

いつしか家格の差を笠《かさ》に着てエステルを召使のように扱うようになったため、彼女とは自然に距離を置くようになった。

それがまた気に食わなかったのか、会えばいつもこうして絡んでくるのだ。

面倒を極力避けたいエステルは、ロマーヌがいると知っていたら今日の参加を見合わせたのにと内心天を仰ぐが、それを感じさせぬよう笑みを浮かべる。

「ロマーヌ様、ごきげんよう。今夜もお美しいですね」

にこやかに挨拶をするが、ロマーヌは頬《ほお》を引《ひ》き攣《つ》らせて声を震わせる。

気に障ったようだ。

手に持った扇を掴《つか》むと手のひらに打ちつけている。

まるで野生動物が威嚇するような仕草にエステルは肩をすくめる。

（ただ挨拶をしただけなのに、機嫌を損ねてしまったわ……）

結婚相手だけではない、友人関係でも人付き合いの難しさを痛感していると、ロマーヌが当てつけのようにため息をつく。

「本当にあなたって、失礼よね」

ロマーヌから失礼認定されてしまったエステルはなんと返答しようか考えたが、彼女はその間すら気に食わなかったらしい。

盛大にそっぽを向くと、なぜかエステルの隣に陣取って取り巻きを侍《はべ》らせる。

彼女はそうやっていつもエステルに格の違いを誇示してくる。

「そう言えば先日完成した王立劇場、みなさまお出かけになりました？」

ロマーヌが得意げに取り巻きたちに話題を振った。

国民の文化的な活動の支援のためにカレイドクス国王が主導し、ヴァルヴィオ公爵家が全面バックアップした事業だ。

芸術大国ヴリルテア王国から技術者や芸術家を招聘《しょうへい》し、連日満員御礼で演目はすべてプラチナチケット。

もはや限られた人物にしか入手不可能となっている。

それを話題にするということは、ロマーヌはもう足を運んだのだろう。

取り巻きもそれを察知して瞳を輝かせる。

「いいえ、まだチケットが手に入らなくて……もしやロマーヌ様はもう足を運ばれたのですか？」

さすが取り巻き、ロマーヌの心を擽《くすぐ》るように上目遣いで尋ねている。

気をよくしたロマーヌが顎を上げて鼻息も荒く話し始めた。

「もちろんですわ！　我が伯爵家はとりわけ芸術を愛する家門でしてよ！」

ロマーヌが得意げに観劇の感想を述べる。

隣にいるエステルの耳にも、聞くとはなしにそれは聞こえてくる。

エステルも観劇が好きだ。

いつか王立劇場にも行ってみたいと思っている。

「……で、中でも素晴らしいのは作曲なのよ！　ヴィリルテア出身のロブレドという作曲家が……」

「あ、それは……」

思わずエステルが上げてしまった声に、ロマーヌが敏感に反応した。

話の腰を折られて気分を害したのか、扇を広げて目を細める。

「いやだわ、盗み聞きなんて。いくらわたくしが羨《うらや》ましいからと言って、はしたない……」

口調はとげとげしいが、エステルを攻撃できるのが嬉《うれ》しいのか、口許《くちもと》が綻んでいる。

エステルはロマーヌに近付くとぐっと顔を寄せた。

「ちょ、な……っ、なにをなさるの？」

急接近したことに驚いたのか、ロマーヌが語気を強めて顔を赤らめる。

怒っているのかもしれない。

しかしエステルは気にせず、声を潜めてロマーヌに耳打ちをする。

「ロブレドはヴィリルテア出身ではありません。フレスターン出身です」

ロブレドは愛国心の強い男で、以前ヴィリルテア出身だと勘違いした後援者がロブレドを持ち上げるためにフレスターンを貶《おとし》める発言をして彼の機嫌を損ね、公演が中止になったことがあったのだ。

間違ったロマーヌの発言が広まってしまっては、大変なことになるかもしれない。

「……っ、そんなことわかっていますわ！　ちょっと言い間違っただけではないですか！」

ロマーヌがヒステリックに叫び、顔を真っ赤にしてエステルを突き飛ばした。

「あっ！」

まさか突き飛ばされるとは思っていなかったエステルは、普段滅多《めった》に履かないヒールの高い靴によろめき、壁に思いっきり肘を強打してしまった。

ガツ！　と鈍い音がしてエステルが顔を歪《ゆが》めしゃがみこむ。

「痛……っ」

じいんと骨に響く痛みに肘を押さえていると、ロマーヌが早口でまくし立てる。

「ひ、人の粗探《あら》しばかりするから痛い目を見るのですわ！　は、反省なさったら？」

いや、粗探しをしていたわけではなく、と反論しようとしたエステルの上に影が落ちる。

背の高い人物がエステルの前に立ちはだかったのだ。

ピカピカに磨かれた高級そうな靴先が視界に映った。

（誰？　なに？）

驚くエステルが顔を上げると、驚くほど秀麗な紳士がエステルを覗《のぞ》き込《こ》んでいるのと目が合う。

「!?」

シャンデリアの光を受けて輝く白銀の髪にアイスブルーの瞳の紳士は、エステルが見たことのないほどの美貌の持ち主だった。

瞬《まばた》きをすると長いまつ毛がふさ、と鳴ったような錯覚を覚える。

声も出せないほどに驚いたエステルとは反対に、紳士はエステルのすぐ近くに片膝をつき肘に触れた。

白い手袋越しに体温が感じられたような気がして、ビクリと身体を震わせてしまう。

「急に触れてしまってすまない、痛かったかな？……ああ、これは腫れてしまうかもしれない。君、なにか冷やすものを」

手を上げて給仕を呼ぶ姿も様になっていて、エステルはまるで自分が演劇の登場人物にでもなったような不思議な気持ちになる。

「あ、いえ……お構いなく……大丈夫ですから」

エステルはふわふわした気持ちで遠慮を口にする。

相手が美形だからだけではない、彼が持つ独特の空気に圧倒されていた。

それは周囲もそうらしく、騒々しい夜会の中で彼のいる一角だけが喧騒《けんそう》から切り取られたような、不思議な感覚に満たされる。

エステルは心が彼のほうに吸い寄せられるような心地になり、慌てて気を引き締める。

心配はありがたいが、実際これくらいの打ち身は妹たちと遊んでいればよくあることなのだ。

しかしエステルの言葉に、紳士は形の良い眉を顰《ひそ》めた。

アイスブルーの瞳が僅かに険しくなる。

「大丈夫ではない。痣《あざ》になるかもしれないのだぞ？……ありがとう……とりあえずこれで冷やして」

給仕が持ってきた濡《ぬ》れタオルでエステルの肘を冷やしながら、椅子を準備させ座らせる。

片膝をついて一連の流れを鮮やかにやってのける紳士に、エステルは釘付《くぎづ》けになってしまった。

（うわ……美しくて、すごく仕事ができそうなひと……人のあしらい方とか物の道理を知っているという感じ）

エステルは胸の奥の方が疼《うず》くような気持ちになったが、それがなにかわからず戸惑う。

今までこんな気持ちになったことがない。

喉が詰まるような、むず痒《がゆ》いようなおかしな気持ちだ。

「ありがとうございます、あの……」

親切にしてもらったお礼をしたいと名前を聞こうとしたが、緊張で声が上擦ってしまい、思ったより小さな声になってしまった。

「……もう帰った方がいいな、私が送ろう。馬車を玄関前に付けてくれないか」

すくっと立ち上がった紳士がフットマンに声を掛けると、すぐに準備ができるという。

それを聞いて紳士は口角を上げフットマンの肩を叩いた。

「素晴らしい。給仕といい君といい、ルドワヤン伯爵は素晴らしい人材をお持ちだな」

フットマンと給仕、そして伯爵を一息に褒めるという技を披露した紳士はエステルの手を取って立ち上がらせ、エスコートする。

「あ、あの一人で大丈夫です。ご親切にどうも」

足を怪我《けが》したわけでもないのに腰をしっかりと支えられ、エステルは頬が熱くなるのを感じた。

触れられているところが熱い。

そして紳士からはいいにおいがする……！

エステルの脳は煮《に》え滾《たぎ》るようで目が回りそうだった。

（か、過保護な人なのね……年の離れた兄弟でもいるのかしら）

そこまで考えて、「いや、こんないい男なら美女をエスコートしなれているに決まっている」と思い直す。

涼やかな紳士の視線を受けてぎこちなく馬車に乗り込むと、エステルに続いて紳士も乗り込もうとしてきて驚く。

「あの、一人で帰れます……！」

まさか馬車という密室に二人きりになってしまうのかと考えたエステルは、恥ずかしさで赤面してしまう。

婚約者もいないエステルには、誰とも知らぬ相手と膝が触れてしまうほど近い距離で二人きりになるのは特別な出来事だ。

美形と特別な出来事を共有するのは素晴らしく心が躍るが、今はそれよりも戸惑いのほうが勝る。

「そうかい？　心細くはないかい？」

まるで幼い子供に対するような物言いだが、それすら甘く曲解してしまいそうになる自分にエステルは気がついていた。

（わたし、もしかしてこの人のこと……）

そう思った瞬間、胸がとくんと跳ねた。

そしてドキドキドキとまるで早鐘《はやがね》を打つように動悸《どうき》がして、エステルは慌てて胸を押さえる。

「大丈夫かい？」

「ええ、あの、ご親切にありがとうございます。わたしはエステル・ヘルレヴィと申します。お名前をお伺いしても？」

この動悸がときめきなのか、急な自律神経の乱れなのかわからないが、ここで終わってしまうには惜しい縁だと感じてしまった。

名前を聞いて、あとでお礼の手紙でも出そう。

それで終わったとしても、仕方がない。

でも、もしもこの出会いに続きがあるのなら……もしかしたらそれはエステルがずっと憧れていた恋かもしれないのだ。

じわじわと甘い痺《しび》れが胸に広がったエステルは、目を見張る。

紳士がエステルを見つめて目を細めていた。

そして形の良い唇に人差し指を当てて「しー……」とエステルの言葉を封じ、口角を上げる。

「そんなに急ぐものではない。君とはきっとこれで終わりじゃないから、またね」

「え、あの？」

戸惑うエステルに座るようにと目配せすると、紳士は馬車の扉を閉め、御者に合図を送る。

ほどなくして馬が嘶《いなな》き、馬車がゆっくりと動き出す。

「あ……」

笑顔で手を振る紳士を目で追うが、景色と共にあっという間に後ろに流れてしまった。

エステルは名残惜しく後方を見つめていたが、やがてため息をついて背凭《せもた》れに身体を預けた。

「もしかして、そういう手だと思われてしまった？　わたし、下手を打った？」

あそこまで美しい男であれば、言い寄る女は星の数ほどいるだろう。

少し親切にしただけで勘違いされて大変なことになった、ということがあの紳士にあったのかもしれない。

そうならば名を明かさなかったのも納得できる。

（でも、またねって言ったわ。あれはなぜ……？）

そんなことを考えながら、エステルは馬車に揺られて帰宅した。


「お嬢様!?」

エステルの専属メイドであるカーヤが大声でエステルを呼んだ。

長く勤めていて年が近いため、エステルの中ではメイド以上の存在になっている。

「カーヤ、どうしたの？」

太い木の間に渡したハンモックから上体を起こして返事をする。

いつもホワホワしているカーヤがこのように慌てるのは珍しい。

なにかよくないことでも起きたのかと眉間にしわを寄せると、カーヤがハンモックの前まで来てエステルの手を強く引く。

「お嬢様、すぐいらしてください！」

「ちょっと、だからどうしたって言うのよ？」

この様子では双子の妹たちがお腹《なか》を空《す》かせているからおやつを、というわけでもないらしい。

エステルはすぐに理由を言わないカーヤに首を傾《かし》げながらついて行った。

連れて来られた先は、父セザールの書斎だ。

家にいるときはここで仕事をすることが多いことを知っているので、呼ばれない限りはあまり近付かないことにしている場所だ。

ノックして入ると、中にはセザールと母のミシェル、そして兄のリオネルがいた。

（どういう顔ぶれなの……？）

エステルは訝《いぶか》しんだ。

家族にとって重要な事柄であれば、双子も呼ぶはずである。

それがなく年長者だけを呼ぶのは、一体どういうことだ。

そこはかとなく不穏なものを感じて、エステルはゴクリと唾を呑《の》む。

「エステル、お前昨日なにがあった？」

「え？」

セザールが慎重に言葉を選びつつ問いかける。

椅子に腰かけ、組んだ手で口許を隠したセザールに深刻なものを感じて、エステルは慌てて昨夜のことを思い出す。

（とは言っても、昨夜は夜会で……、あ！）

エステルはそこで気付いた。

昨夜、ロマーヌとちょっとした諍《いさか》いがあった。

少し間違いを訂正しただけのつもりだったが、過剰に反応して突き飛ばされた。

あの親切な紳士が間に入ったことでうやむやになっていたが、もしかしたらロマーヌが抗議でもしてきたのかもしれない。

伯爵家の令嬢であるロマーヌは気位《きぐらい》が高く、エステルのことを生意気だとよく突っかかってくるのだ。

昨夜は手が出た分少し度を超していたが、特にひどい怪我でもないためエステルは気にしていなかった。

だがロマーヌのほうは気持ちが収まらなかったのかもしれない。

以前セザールにロマーヌ嬢とのことを愚痴った際は『相手は伯爵令嬢なのだから、あまり問題を起こしてくれるな』と釘《くぎ》を刺された。

(まさか、この年にもなって親に言いつけたのかしら？　あの子ったらどれだけ幼いのかしら！)

しかしマルロー伯爵家とヘルレヴィ男爵家では家格に明確な差がある。

ヘルレヴィ家はマルロー伯爵家に目を付けられたら大変なことになってしまう。

「あの、違うのよ？　そんなたいしたことはなくて……」

貴族の喧嘩は言った者勝ちなところがある。

あることないこと先に言ってしまったほうが有利なのだ。

ましてや相手は家格では絶対に勝てない伯爵家。

(ああ、どうしよう……)

悪いことをした覚えはないが、相手が怒っていてこちらが一方的に悪いことにされてしまったら挽《ばん》回《かい》できる気がしない。

家族に迷惑が掛かってしまうと肩を竦《すく》めたエステルに、セザールが戸惑ったような声を掛ける。

「たいしたことだよ。お前、いつの間にヴァルヴィオ公爵家のカレル卿《きょう》と知り合ったのだ？」

「へ？」

思いもよらない名前を出されて、エステルは間の抜けた声を上げた。

2. 契約結婚するなんて

ヴァルヴィオ公爵家は数代前の王弟殿下が臣籍に下り新興した家である。

政治的にも有能だった初代ヴァルヴィオ公爵はその卓越した政治センスと語学力で外交に関わる問題を一手に引き受け、王家を支える柱のひとつとなった。

以降ヴァルヴィオ家の者は多くの言語を学び、若い頃から留学や視察に飛び回りカレイドクス国の発展に尽力している。

その成り立ちと功績から、ヴァルヴィオ公爵家の男子は低いながらも王位継承権を有しており、常に注目を集めていた。

「お父様、ヴァルヴィオ公爵家って、どういうこと？　マルロー伯爵家ではなくて？」

エステルは確認のために尋ねるが、逆に「は？　どうしてマルロー伯爵家の話が？」と怪訝《けげん》な顔をされてしまった。

「先ほどヴァルヴィオ公爵家から招待状が届いたのだ……エステルをお茶に招待したいと」

「は、……はあ⁉」

淑女のなんたるかや礼儀作法など綺麗《きれい》に消し飛んで、エステルは心の底から『なんだそれは⁉』と叫んだ。

それから七日後、エステルは付き添いのカーヤと共に迎えの馬車に乗って公爵邸に到着した。

御者が扉を開け、恭《うやうや》しくエステルの手を取って降りるのを助けてくれた。

「ありがとう」

請われて訪問したのだから、堂々とするべきだろう。

エステルは武者震いすると、背筋を伸ばして足を踏み出した。

「わあ……」

公爵邸を見上げてカーヤが声を上げたので、エステルは同じように声を上げたいのをぐっと我慢する。

（なんてお屋敷なの……これはもうお城じゃない……？）

今までなんの交流もなかったのに、どうして急に招待されたのか。

エステル自身もセザールも招待に心当たりがない。

招待状にも詳しいことは書かれていなかった。

もしこれが公爵家からの申し出でなかったら招待に応じるのも躊躇《ためら》ったかもしれない。

（いや、今まさに躊躇っているのだけれど……！）

恭しい様子でフットマンが迎えてくれて、すぐに執事に引き継がれる。

先を行く執事は早すぎず遅すぎず、淑女の歩幅を熟知した歩き方でエステルは徐々に気持ちが落ち着いていくのを感じた。

案内されたのは温室だった。

緑の気配が濃い空気は少し湿気を帯びていてエステルには暑く感じたが、通り抜ける風が清涼感を与えてくれる。

温室の中央と思《おぼ》しきところにテーブルが準備されており、そこに二人の人影があった。

一人は座って本を読んでおり、一人はその背を守るように立っている。

顔は逆光になっていてよく見えない。

「カレル様、お連れしました」

「ご苦労。やあ、先日はどうも」

執事が腰を折って下がるのと同時に、カレルと呼ばれた人物が読んでいた本から顔を上げて椅子から立ち上がった。

「あ、あなたは……！」

白銀の髪が搔《か》き上げられて陽《ひ》の光を反射する。

にこりと如才《じょさい》なく微笑《ほほえ》んだ彼は、先日の夜会でエステルの怪我を気遣ってくれた紳士だったのだ。

「ちゃんと挨拶をするのは初めてだね。カレル・ヴァルヴィオと申します、レディ・エステル」

まるで王族にするような優雅な仕草でエステルの手を取ると、すいと持ち上げ口許に寄せる。

そのまま手の甲に口付けをされるのかと思って身構えたエステルだったが、そうはならず、彼は振りだけをして再びにこりと笑う。

ほんの少しだけ笑顔がエステルを揶揄《からか》ったように見えて、瞼《まぶた》がピクリと動いてしまった。

気持ちを落ち着けるように深く息を吸うと、エステルも最上級のカーテシーをもって返礼する。

「ご丁寧にありがとうございます。エステル・ヘルレヴィです」

エステルは卑屈になり過ぎないように、指の先まで神経を使った。

公式な場ではないからどうぞ気を楽にと椅子を勧められても、気を緩めず作り笑いを張り付けた。

ティーメイドがお茶を準備している間も、エステルは失礼にならないギリギリの視線でカレルを見た。

見れば見るほど美形である。

まるで現実のものではないような美しさに、エステルの胸はまたトクンと高鳴った。

「その後、怪我の具合はいかがですか？　こちらからお見舞いに伺おうと思ったのですが、いきなり押しかけては失礼かと思いまして」

カレルの言動には隙が無い。

これまで付き合いのない令嬢だったが、夜会で見過ごせない現場に遭遇してその後が気になったのでお茶に招待した、という態度だ。

しかし。

エステルは切り込んだ。

「お気遣いありがとうございます。怪我というほどではございませんので、もうすっかり平気です。それにしても、ヴァルヴィオ公爵家はそんな些細《ささい》なことで招待状を送る家門なのですか？」

背後で控えていたカーヤが小さく悲鳴を上げるのが聞こえたが、エステルは気にせず笑顔を維持する。

テーブルを挟んで向かい側にいるカレルも、笑顔のままだが僅かに目を見開いている。

「恐れながら、ヴァルヴィオ公爵家のかたからこのような手厚いご招待を受ける理由がわからず、困惑しております」

本当にカレルがエステルのその後が気になっただけならば、お茶会へ誘わずとも少し言葉を発するだけで事足りるだろう。『あの令嬢はどうしているだろう』……公爵家の者が口にするだけで周囲は勝手に動くに違いない。

ヴァルヴィオ公爵家とはそれほどの家門である。

そうせず、直接エステルを呼んだのには、必ず事情があるはずだ。

そしてそれはエステルにとって面倒なことに違いない。

「ふふ……、やはり浮かれて甘い話に飛びつくような令嬢ではないですね。あなたとは腹を割ってお話ができそうだ」

「カレル様」

窘《たしな》めるように背後からカレルの名を呼んだのは侍従兼護衛だろう。

エステルを値踏みするような油断ない視線を感じる。

侍従の彼はエステルのことをあまりよく思っていないらしい。

「わたしも腹の探り合いは疲れるので、率直に言っていただけたほうがありがたいですわ。せっかくの美味《おい》しいお茶ですもの、じっくり味わいたいと存じます」

そのほうが話も早く終わって解放されるだろう。

エステルの物言いに小さく噴き出したカレルは一口茶を呑むとテーブルに肘をついた。

そして優雅な仕草で指を組み、その上に顎を乗せエステルのほうに身体を寄せた。

「ではエステル嬢。私についてどれくらいご存じですか」

試すような視線はまるで頭の中まで覗《のぞ》こうとしているように感じ、エステルは僅かに身を引く。

「そうですね……」

美しすぎる顔を直視しないように気を付けながら、エステルは社交界の噂を思い出す。

ヴァルヴィオ公爵家は公爵家の中でも随一の権力を誇り、現当主は宰相として国王の右腕として国政を担っている。

なにしろ王族が興した家門で、且つ有能で美しい。

誰もがヴァルヴィオ公爵家と縁を繋ぎたいと思っているだろう。

しかし性格的にはとてもドライで、情に訴えるようなやり方は受け入れられにくいようだ。

これまでヘルレヴィ男爵家との接点はないはずだ。

文化や芸術に造詣が深く、夜会でロマーヌが話題にしていた王立劇場や王立芸術学校の創立に尽力した家門である。

すぐに儲《もう》けにならないことにも、将来を見据えて積極的に投資していく姿勢は頼もしく思える。

カレル・ヴァルヴィオ個人に限定すれば、彼はずっと留学していて社交界とは縁が薄い。

それでも二年前に帰国し、ヴァリルテア王国の王女と結婚したことは大きなニュースになった。

ヴァリルテア王国は芸術大国と言われ、劇場や学校の創設にも深くかかわっている。

彼の国から文化的な援助を受けられたのも、カレルと王女の婚姻が大きく関与しているのだ。

王女は残念ながら結婚してすぐに急な病で他界してしまったが、存命の間は城下街にお忍びで出掛ける夫婦が目撃されていたことから仲睦まじかったのだろう。

愛する妻を亡くした痛手からかしばらく公式の場に出ていなかったが、現在は宰相補佐として精力的に活動している……らしい。

エステルとは直接的なかかわりがないため、社交界の噂を繋《つな》ぎ合《あ》わせると大まかにそういう事柄と人物像だと把握している。

それを要約して伝えると、カレルは肘をテーブルに乗せたまま笑みを深める。

「なるほど、予想通りです」

「……予想通り？」

エステルはカレルの言葉にどこか違和感を覚えた。

思わず眉を顰めるとカレルはさらに満足そうに目を細めた。

「いえ、安心したのです。ちゃんと過不足なく情報が行き届いているので」

「……」

カレルの言葉に、エステルは微妙に居心地悪い気持ちになった。

そんなエステルの考えを読んだように、カレルは口角をさらに上げた。

美しい笑顔なのに、なぜかうなじがちりつくような気配に鳥肌が立つ。

カレルは底知れない、とエステルは思う。

美貌といい器量といい、自分の手に負える気がしない。

ときめく気持ちはあれど、この男に恋をしたらきっと大変なことになる。

そんな予感がしたエステルは、手遅れにならないうちに暇《いとま》を告げようと口を開いた。

するとカレルはさっとエステルのほうに手を翳《かざ》して言葉を封じた。

「……あの？」

訝しげに眉を顰めるとカレルはもう一方の手で自らの目元を覆う。

「あぁ、すまない。ちょっと嬉しかったので」

嬉しいとはどういうことだとエステルはさらに戸惑う。

ここまでで嬉しいと思う要素が果たしてあっただろうか？　いや、ない。

「エステル・ヘルレヴィ。君、私と結婚しませんか？」

「けっこん……ですか？」

あまりに唐突に切り出されたためけっこんとはなんぞやと思ったエステルだったが、将来を誓い合う『結婚』だと理解するとすぐに首を振る。

「な、なにをおっしゃるのですか⁉」

驚きのあまり言葉が閊《つか》えてしまったエステルは、意図せず顔が熱くなるのを感じた。

この場面で赤面してはその気があると思われてしまう。

慌てて平静を装うと咳払《せきばら》いをする。

「ごほ……、そのような突拍子もないこと……」

動揺したエステルを面白そうにながめていたカレルだったが、カップを傾けて口を湿らせると真顔になる。

「私が妻と死別したことは知っているね？」

「はい」

「周囲、特に父親が再婚しろとうるさくてね」

カレルが言うことを言葉通りに取るならばエステルを後添《のちぞ》いに、と望んでいるということだ。

後添いをもらうことは珍しいことではないが、貴族令嬢にとって、それは初婚の相手としてあまりいいことではない。

常に前の妻と比べられ、優劣を付けられることは耐え難《がた》いと考える令嬢は多い。

（でも、相手がヴァルヴィオ公爵家なら手を挙げる人だっているはず）

家柄、容姿、能力、性格、どれをとっても彼以上の逸材が今の社交界にいるとは言い難い。

もしもカレルが「後妻を募っている」と言えば申し込みは殺到するだろう。

それほどの価値がカレルとヴァルヴィオ公爵家にはあった。

（なにもわたしに話を持ってくる必要はない）

絶対になにか裏があると感じたエステルの本能は『これは危険だ』と判断する。

そうと決めれば即行動。エステルは顔を上げまっすぐにカレルを見据える。

「お断りさせていただきます」

「おや……判断を下すのが早すぎないかな？　もう少し考えても」

柔和な笑みを浮かべるカレルからはもう、うさん臭さしか感じられない。

エステルは自分の考えが間違っていないことを確信する。

「絶対になにか裏があるに違いありません。考えるにしても断る方向で考えさせてください」

「……わあ、驚いたな」

カレルが目を丸くして驚く。

未来の宰相閣下をここまで驚かせたのは自分が初めてかもしれない、と考えているとカレルが口を開く。

「エステル嬢、まあちょっと聞いてくれないか」

これ以上いったいどんな茶番を演じるつもりなのだとため息が出そうになったエステルだったが、カレルの言葉には意表を突かれた。

「実は、私の妻は生きているのだ。今頃は天国ではなくどこか遠い空の下で、本当に好きな男と結婚して幸せに暮らしていることだろう」

「……は、……え?」

聞き違いかとカレルを見ると彼はニコリと美しい笑みを返して寄越《よこ》す。

「君も知っている通り、私の元妻はヴリルテア王国の王女でね」

カレルは一旦言葉を切ると、外に視線を向けた。

「彼女とは――オルガ王女と私はそんなに親しくもなく……」

カレルの瞳にわずかに憂いがのぞく。

しかしそれも一瞬で知的な色にとって代わる。


長くヴリルテア王国に留学していたこともあり、公爵家の名を背負っているカレルは王族であるオルガ王女とは勿論《もちろん》既知で、時折お茶を呑みながら世間話をする間柄だったという。

しかしある日突然オルガ王女がカレルに言い寄ってきた。

戸惑ったカレルは王女に理由を尋ねたが、彼女は強硬に結婚を迫った。その行動はすぐにヴリルテア国王の耳に入り、呼び出されたカレルは彼女との間に特別な感情はないと訴えた。

しかし他国の留学生であるカレルと、涙ながらに彼への愛を訴える愛娘《まなむすめ》オルガとでは、娘の言い分を信じるのは当然だろう。

すぐさまカレイドクス国の外交官も同席して話し合いの場が持たれたが、国力で大きく勝り、これからもよい関係を築いていかねばならぬ大国の国王と王女を敵に回すことは得策ではない。

外交官とカレルは結局白旗を上げざるを得なかった。

そうやってカレルを手に入れたオルガ王女だったが、不審な点がいくつもあった。

晴れて婚約者となった途端、カレルと会ってもはしゃぎもせず不機嫌そうにしたのだ。場の空気は悪くなり、気を遣ってカレルがあれこれと話題を振るが気乗りしない様子ばかりが目につく。

気が変わったのなら言って欲しいと申し出ても、さめざめと泣くか癇癪《かんしゃく》を起すかのどちらか。

好きだと言って強引に迫ってきたというのに、婚約したらしたで不機嫌で情緒不安定になるオルガのことを、カレルは理解できないまま時は過ぎる。

当人同士のすれ違いをよそに、話は進む。

そうして止めることのできなくなったカレルとオルガ王女の結婚は、そのまま成立してしまった。

ヴリルテア王国で華々しく挙式をし、カレイドクス国に来てさらに豪華な歓迎と披露宴を行った。

たくさんの好意的な声を掛けられたオルガ王女は、久しぶりに晴れ晴れとした表情をしていたが、夜になると体調を崩したと言い部屋に閉じこもった。

ヴァルヴィオ公爵家では新婚夫婦のために別邸を新居として与えていたが、オルガが復調しても夫婦の寝室が使われることはない。

知り合いもいない国で気が滅入《めい》るのだろうと、カレルは初夜をオルガに強要しなかったし、気晴らしになればとオルガが望むところならばどこへでも連れて行って楽しませた。

しかしオルガは日に日に元気をなくし、ついに寝室から出て来なくなってしまう。ヴリルテア王国から付いてきた侍女の話では、ずっと泣いているという。

「王女、なにか辛《つら》いことがあるのなら教えてください。あなたの望む通りにいたしましょう」

カレルは根気強くオルガに話しかけた。

花を贈り、果物や菓子を用意し、心躍るような話を持ち帰った。

そしてとうとう心を開いたオルガが、泣きながら本心を打ち明ける。

「好きな人がいるのです……その人と結婚がしたい……！」


「な、なんですかそれは⁉」

話の腰を折ることになることを知りながら、エステルは思わずテーブルを拳で叩いた。

テーブルの上の茶器が不穏な音を立てて揺れたが、カレルはそれを咎《とが》めず薄く微笑んだままだ。

「オルガ王女はずっと自分の護衛騎士が好きだったのだ。身分違いだからと受け入れてもらえず、ならばやきもちを焼かせようと当て馬に惚《ほ》れている演技をした……」

「当て馬」

エステルが視線をカレルに向けた。

（この、誰よりも美しく有能で性格がよいと言われるカレイドクス国の公爵子息カレル・ヴァルヴィオのことを……当て馬にしたと……）

その不躾《ぶしつけ》な視線に気が付いたカレルは目を細めて笑みを深めた。

まるで『君の言いたいことはお見通しだよ』と言わんばかりだ。

「そう。その護衛騎士が『やっぱり自分が王女と結婚します！』と言ってくれるのを待っていたそうだが……国への熱い忠誠心と鋼《はがね》の自制心を持っていた件《くだん》の騎士殿は、王女への想《おも》いを押し殺し、決して口には出さなかった」

まるで他人事のように言うカレルの気持ちを推し量ることができず、エステルは黙り込む。

むしろそれしかできない。

「……そして引っ込みがつかなくなった王女は騎士への当てつけもあり、私と結婚して国を離れたものの……結局愛する騎士を忘れられず精神的に病んだ」

ギリギリのところで心を開き、悩みを打ち明けたオルガ王女をカレルは突き放したりしなかった。

秘密裏にカレイドクス国上層部と相談し、ヴァリルテア国王に使者を送り今後の対策を協議する。

さすがにヴァリルテア国王は驚いたものの、可愛い娘の幸せのために『騎士との結婚を許すから戻ってこい』と折れた。

しかしそこで異を唱えたのが、宰相でありカレルの父親のヴァルヴィオ公爵だ。

「それではカレルは寝取られ夫の誹《そし》りを受けるではないか！」

王女の我儘《わがまま》と嘘に振り回され結婚をしたものの、やっぱりいらないと離婚して国に戻られてはいい恥さらしだというのが表向きの理由だったが、本心は別にあった。

大国ヴリルテア王国に売れる恩はいくらでも売ろうという算段だ。息子の結婚事情すらも国益に変えようとする父親に半ば呆れたカレルだったが、実際にカレルだけの問題ではなくなっていた。

すべてが丸く収まることはない。

状況的に泥を被るのは自分の役目であろうと諦めていたカレルに、オルガ王女はあっけらかんと言い放つ。

「ならば私が死んだことにしましょう！」

王女は騎士と結ばれるのなら母国に帰らなくてもいいと言う。

なんとか愛娘を母国に戻したいヴリルテア国王は反対したが、オルガ王女は譲らなかった。

「カレルに迷惑をかけたのだから、私も不自由をするべきだわ」

肝心の護衛騎士も王女との婚姻と他国への移住を了承したことから、未曽有《みぞう》の計画が実行された。

「ふんわりと私の名誉を守った王女は意中の騎士と幸せになり、私は新婚早々妻を亡くした憐《あわ》れな男として同情を集めた、というわけだ」

長い説明で喉が渇いたのか、カレルはすっかり冷めてしまったお茶を一息に呑《の》み干《ほ》した。

「……」

澄ました表情でお茶を淹《い》れ直すティーメイドを見ると、動揺もしていない。

事情を知りながら情報を外部に漏らさない教育を徹底して受けているのだろう。

さすが公爵家の別邸、使用人への管理が行き届いている。

事情は把握したが、エステルは『だから？』としか言いようがない。

もしこの騒動にエステルないしヘルレヴィ男爵家が関わっているのならわかるのだが、今のところ全くその気配はない。心当たりもない。

エステルの戸惑いをまたもや感じ取ったのか、カレルが目を細める。

「実はオルガ王女がこの国を去る際、国境までの護衛を頼んだのがヘルレヴィ男爵だったんだ。なにがあっても今回のことは口外してはならぬと誓約書を交わして対応してもらった」

その件には心当たりがあった。オルガ王女が急な病で亡くなったという話が出る少し前、父親のセザールが数日家を留守にしたのを覚えている。

帰って来た翌日に王女が亡くなったと知らせが出たから間違いない。

そのときは特に結び付けて考えもしなかったが、あり得る話だ。

セザールは国境の街出身のため、街道の様子に詳しい。死んだことにするなら目立った護衛を付けるわけにもいかないし、少しでも安全に王女を送るとなれば手慣れた者に先導を頼むもの道理だ。

「あの、もしかしてそのときに父がなにか不始末を……？」

だから娘の自分に責任を求めているのだろうと考えたのだ。

叱られるのを待つように首を竦めていると、カレルは不意を突かれたように吹き出した。

「ふふっ、違うよ。ヘルレヴィ男爵はよくやってくれた。大した問題もなくオルガ王女が不機嫌になることもなく任務を全うした」

ならばなぜ、と眉を顰《ひそ》めるエステルに、カレルは目を細めて口角を上げた。

カレルがそんな表情をするのは、あまりよくない時だと短いやりとりの中で学んでいたエステルは身を強張《こわば》らせる。

（なに？　なにを言うの……？）

「男爵が巧みな話術でオルガ王女の相手をしてくれたから、後学のために秘訣《ひけつ》を尋ねたのだ」

嫌な予感がする。

冷や汗をかくエステルに、カレルは極上の笑顔を向けた。

「彼は自分の娘の相手をしていれば王女の相手くらいへっちゃらだと言った。興味を引かれた私は帰りの道中ずっと、ヘルレヴィ家の次女エステルがいかに気難しく可愛らしく、そして優れているかを聞かされ続けた」

（お父様のばかあああああ！）

恥ずかしくて顔から火を噴きそうだった。

（国で一番いい男だと言われる人に、そんなガセネタを吹き込まなくてもいいじゃないのおおお！）

真っ赤になって黙ってしまったエステルは、それでもなんとか体面を保とうとした。

「それで……未だに婚約もしていない珍獣を見ていかがでした？」

単なる興味本位にしろ、ガセネタを掴ませてしまって申し訳なく思っているとカレルが笑った。

それは揶揄《からか》うものではなく、こっそりと秘密を共有するような笑い方だった。

「運がいいと思った」

「え？　どういうことですか？」

思っていたのと違う言葉が投げかけられて、エステルが顔を上げる。

「君のような女性が未だに一人でいてくれた幸運を噛《か》みしめている」

その穏やかな声音《こわね》に心臓がどきりと高鳴った。

エステルは自分の脳が勘違いをしそうになっていることを自覚した。

（違う違う！　これは珍獣的な意味で！　けっして『君と出逢えたことが幸運』とかじゃなくて！）

カレルの発言を勘違いして、脳内がお花畑にならないようにする。

「もちろんこの結婚は契約結婚だと思ってくれていい。あんなことがあったからもう結婚はこりごりだと思っていたのだが、ヴァルヴィオ公爵家としてはなんとしても直系の子供が必要でね」

いや、普通にこの人冷静だわ。

エステルの乙女の部分がスン、と一瞬で消えてなくなった。

「さ、左様ですか」

勝手に盛り上がってしまっていた自分を恥ずかしく思っていると、カレルは興《きょう》が乗ったのか流れるように話し始める。

「男爵の話で君に興味を持ったのだが、君はあまり社交をしないから気を揉《も》んだよ。ようやくルドワヤン伯爵の夜会に出席するという情報を得て私も足を運んだが、君がまっすぐな性根を持っていて、芸術に造詣《ぞうけい》が深いことがわかってさらに興味を引かれた」

ロマーヌとの諍《いさか》いの話だ。

「君はなに一つ間違っていないのに、あんなふうに理不尽に罵倒されて怪我まで負わされて」

ふふ、とカレルが短い笑いを挟む。

その笑顔がなぜか影を引《ひ》き摺《ず》っているようで嫌な予感がする。

「思わずマルロー伯爵に嫌味《いやみ》を言ってしまうほど、女性に苛《いら》ついたのは初めてだったよ」

美しい笑顔で、カレルは辛辣《しんらつ》なことを言う。

とにかくカレルがエステルに甘い感情を抱いているわけではないことはわかった。

契約結婚。

噂には聞いていたが、まさか自分にそのような打診が来るとは思っていなかったエステルは、これまでそれについて深く考えずにいた。

(でも、結局契約結婚だろうが仮面夫婦だろうが持参金の支度が心許《こころもと》ない以上、お断りするしか)

カレルと結婚できるのは幸運だけど、と少し残念に思ったのは内緒だ。

「もちろんこちらの都合で君に不利益を被ってもらうのだから、待遇や条件に付いてはいろいろ考慮しよう」

カレルの言葉がエステルの思考に明かりを灯《とも》す。

（もしかして……！）

自分の求めるものが、カレルとの契約結婚で手に入るのかもしれないという希望だ。

エステルが結婚に前向きにならないのは、胸がときめく相手に巡り合えないことが大きいが、ヘルレヴィ家の懐事情もかかわっている。

これから結婚を控える娘三人が控えているにしては懐が少々心許ないのだ。

貴族令嬢が嫁入りをするときには、財産の取り分を持参金として与えられることになっている。

それが大きな負担となると知っているエステルは、自分が結婚しなければ解決するのでは？　と思いついた。父や母それに兄はそれくらい問題ないと笑い飛ばすだろうが、エステルとてなにも知らない子供ではない。

エステルが結婚するとなれば、無理をするのは目に見えている。

ゆえに相手を探さずにのらりくらりと交わし続けることにしたのだ。

顔を上げたエステルの表情にそれが如実に表れていたのだろう。カレルはまた意味ありげに笑う。

「ヘルレヴィ男爵家からの持参金は不要だ。むしろこちらから支払おう」

「う……っ」

承りますと勢いで言いそうになったエステルはギリギリのところで言葉を飲み込んだ。

断る方向で、と口にしたばかりなのにその舌の根も乾かぬうちにと恥ずかしさがこみあげてくる。

それを十分理解しているのか、カレルは言葉を続ける。

「根拠もなく親切にされるのは恐ろしいだろうから、こちらのカードは全部開示しよう。私は確実に子を生《な》さねばならないため、悪いが君のことを調べさせてもらった」

調べられたところで困ることはないが、勝手に身辺を探られたことは気分が悪い。

しかしエステルが考えるような身辺調査ではなかった。

「君は五人兄妹だそうだね」

(確かに姉、兄、そして双子の妹たちがいるけれど)

「そして父方は八人兄弟、母方は六人兄弟。その一代前は五人、七人、九人、六人……長くなるから割愛しようか。直近では君の姉は既に四人子供を産んでいる」

そこまで言われて、エステルはカレルがなにを言いたいのか察した。

「多産で安産の家系、ということですか?」

「大事なことだ。あぁ、だからといって君を子供を産む道具のように扱うつもりはない。きちんと私の妻として尊重すると誓う」

確かに跡継ぎが欲しくて契約結婚をしたのに孕《はら》まない、では本末転倒だ。

為人《ひととなり》や素行よりも先にそれを調べるのか、と思わなくもなかったがエステルは逆に好感が持てた。

（あぁ、この人は男女のあれこれではなくて、本当に子供が必要なだけなのだ）

きっと形のないものを求めてきたりはしないのだろう。

愛がほしい女性にとってあまりいい状況ではない気がするが、エステルは一周回って吹っ切れたような気さえしていた。

（持参金がいらないどころか逆にお金をもらえて、子供を産めばあとはこの美しい人の側にいられる権利を持てるだなんて……かなり魅力的な契約なのでは？）

胸の中が熱くなるような気配がして、エステルは無意識のうちに胸を押さえた。

鼓動が速くなっている。

落ち着かないと、と思っていると、カレルがじっとエステルを見つめていることに気付いた。

顔が熱い。

「それで、エステル嬢。結婚の申し込みは受けてくれるのかな？」

カレルの顔は既にその答えを確信しているようだったため、エステルはわざと苦い顔をした。

彼の思い通りになるのが、ほんの少し癪《しゃく》だったのだ。

「……持ち帰って検討させていただけますか？」

意趣返しの他にも、本当にカレルとの結婚を考えるのなら、父とも相談しなくてはいけない。

背筋を伸ばしてすまし顔で言うと、カレルが首を傾げた。

「それは、断る方向で？」

さきほどのエステルの言葉に重ねて揶揄っているのだとわかったが、上手《うま》い返しがみつからない。

「……ま、前向きに……」

「よろしい。いい返事を期待しているよ……といっても外交に関わる重要な秘密を暴露したのだから、断られると面倒なことになってしまうのだが」

言葉を詰まらせたエステルに、カレルは眉を下げて笑い声を上げる。それはさきほどまでの深謀遠慮《しんぼうえんりょ》を巡らせるようなものとは一線を画す、思わず出てしまったとわかるものだった。

「お人が悪いです……そのように情報を後出しにされるなど」

「いや、すまない。君があまりに表情豊かで可愛らしいから。……安心してくれ。私は妻となった女性を大事にするし、妻の不満をそのままにしておくような甲斐性《かいしょう》無しでもないつもりだ」

そうだろう、とエステルは思う。

カレル・ヴァルヴィオはこれまでエステルとなんの接点もない雲の上の男だが、カレルの悪い評判は聞いたことがない。

最近では最愛の妻を亡くしたものの気丈に振る舞う男だと言われている。

(まあ、その情報は根底から違っていたのだけれど)

自分を利用しただけの元妻、ましてや死んでもいない女性のことでカレルが悲しむ道理はない。

いろいろ思うことはあったが、エステルは近日中に父を通じて正式に返事をすると言い置いて公爵邸を後にした。

「お嬢様、なんだか演劇のような話でしたね」

カーヤが興奮したように話しかけてくるが、エステルは生返事しか返すことができない。

思考の容量がいっぱいになってしまっていた。

(情報を整理しなきゃ……ええと、まずカレル様に、結婚を申し、込まれた……っ)

今日話した中で一番容量が大きいものを真っ先に考えてしまったエステルは、それ以上考えることができなくなった。

王立劇場の創設の立役者で有能と噂のカレルに会ってみたいと思っていたことは事実だ。

それは純粋に素晴らしい人だと聞いたからだ。

(まあ、素敵な男性だと聞いたという面もあるけれど)

留学のために国を離れていたカレルに会う機会はエステルになかった。

だからより一層憧れのようなものが募っていた感は否めない。

実際に会って、カレルが素晴らしい美貌を持ち有能で頭が切れる人物であることはよくわかった。

ただ、性格は……悪くはなかったが良くもなかった。しかし嘘はついていない印象を受けた。

たかが男爵令嬢に、そんなに本心をさらけ出していいのだろうかと心配になるくらいだった。

(逆に誠実なのかもしれない)

カレルであればエステルをけむに巻いたり、適当に誤魔化《ごまか》して従わせたりすることもできたはず。

だが、それをしなかった。

揶揄うように細められた視線が、目に焼き付いて離れない。

エステルはカレルを思い出すたびに、悪い魔法にかかってしまったような気分になっていた。

ヘルレヴィ邸に戻ると、待ち構えていたセザールとミシェルがどうだったかを尋ねてくる。

その勢いに押されながらも、エステルは帰り際に渡された封書をセザールに差し出した。

「エステル、これは？」

「内容まではわからないわ。でも、ヴァルヴィオ様が帰ったらこれをお父様に、と」

気が急《せ》いていたのかセザールはペーパーナイフを使う間も惜しんで封筒を開けると、目玉が零《こぼ》れ落《お》ちそうになるほどに目を見開く。

「あ、あわ……、大変だ……っ」

フラフラと倒れそうになったセザールをミシェルが支える。

セザールの手から落ちた手紙を拾ったエステルはその文面に目を走らせ、そして叫んだ。

「求婚状？　あの人いったいなにを考えて……！」

まさか自分が持ってきたものが、カレルから自分への求婚状だとは思いもしなかったエステルは顔を真っ赤にして憤慨するのだった。

父と書斎に移動したエステルは、公爵邸であったことを話した。特にカレルに自分のことを面白おかしく話した件を問い詰めると「王女様のことは口外無用だから」と誤魔化される。

そのせいで求婚されたと伝えると、セザールは驚きながらもまっすぐにエステルを見つめる。

「それで、エステルはどうしたい？」

言葉に詰まるエステルに、セザールはよく考えるようにと言い、部屋を出て行った。


部屋に一人になって、エステルは考えた。

カレルからの申し出はエステルにとって利しかない。

望んでいた通り……いや、望んだよりももっと条件のいい結婚話だ。

どこに嫁ぐにしても跡継ぎを儲けるように言われるのは当然のこと。

本来家同士の結びつきである結婚に、情を挟むべきではないという考えの者もいるくらいだ。

カレルは妻となる人を尊重してくれるとも言っていた。

(お父様とお母様みたいな仲がいい夫婦になりたいと思っていたけれど)

それは叶《かな》わないかもしれないが、寄り添い支え合う関係にはなれるかもしれない。

「カレル様になにを望んでいるのかしら。それで十分ではなくて？」

エステルは頬を軽く叩いた。

カレルは、持参金は不要と言った。

それはエステルがなんの柵に囚《とら》われることなく結婚できる、唯一の解決方法である。

エステルはひとり大きく頷く。

家族に迷惑をかけない。

そしてカレルの子供を産む。

目標を絞ることで視界がクリアになると、少し気が楽になった。

精神的な負荷が消えぐっすり眠ったエステルに、翌朝カレルから花とカードが届いた。

可愛らしいピンク色の花は自分には可憐《かれん》すぎるのではないかと気が引けたが、それでもカレルからの贈り物は素直に嬉しくて頬が緩む。

カードには『今日もいい日であるように。少しは私のことを考えてくれると嬉しい』とあった。

封筒に入っていないカードのため、カレルからのメッセージは既に家中の知るところとなっている。

特に双子の妹たちは頬を染めてきゃあきゃあ騒いでいた。

十二歳でまだレディと呼ぶには幼いが、エステルの双子の妹アリスとエリナは母親のミシェルに似て美しい容姿をしている。近所ではヘルレヴィの双子姫と言われるほど愛くるしい。

彼女たちのためにも公爵家と縁続きになることは望ましいと言える。

「エステルの婚約者ですって！」

「きゃー！　なんてロマンティックなのかしら！」

エステルも溺愛している妹たちだったが、少々姦《かしま》しいのが玉《たま》に瑕《きず》である。

「ちょっと待って、まだそんな話にはなっていないから……」

万が一外でカレルから求婚されていることを口にして騒ぎにでもなったら大変だと考えたエステルが妹を嗜《たしな》めるが、アリスとエリナはニヤニヤと笑う。

「聞いた？『まだ』だって！」

「聞いた聞いた！『まだ』って言ったわ！」

要領のいい双子は叱られる前に素早く走り去っていった。

妹たちに呆れながらも、エステルは自分の無意識がそう言わせたのかと思い反省する。

「ふう、困ったわね」

ああやってはやし立てられても嫌な気がしない。

むしろじわじわと胸が疼くような甘い気持ちになってしまう。

「エステル」

母親のミシェルの視線は、まるでエステルの気持ちを見透かすようにまっすぐだ。

「あなたはヴァルヴィオ様の事、好きなのよね？」

「嫌いじゃないわ……あ、ひねくれているわけじゃなくて、今はそうとしか言えないだけよ」

初めて会った夜会からまだ十日も経《た》っていないのに『カレルのことを愛している』なんて、言えるはずもない。ミシェルは微笑むとエステルを優しく抱き締める。

「人生を左右する大事なことだから、あなたが一番幸せになることだけを考えるのよ？　あと、紳士は少し焦らすのがうまくいくコツよ」

エステルの心は決まっていたがミシェルの教えに従い、返事には数日余裕を持とうと思っていた。

しかしヘルレヴィ邸にはカレルから毎朝花束とカードが届いた。

それは大きくなり、とうとう屋敷中に飾っても余るほどになってしまう。

「屋敷が花で埋まってしまうわ……これは、早く返事をくれという無言の催促なのかしら？」

エステルの呟《つぶや》きに家族全員が『そうに違いない』と頷いた。


「思ったよりもずっと興味深く素敵なレディだったな？」

エステルの乗った馬車を見送りながらカレルは侍従兼護衛のグイドに話しかける。

「さあ。俺にはよくわかりません。ですが、夜会のたびに寄ってくる令嬢とは違う気がします」

グイドの気のない答えにカレルは満足そうに微笑む。

グイドはどんな女性にも点数が辛い。

そんな彼から『他の令嬢とは違う』という評価を引き出すということは、エステルはかなり興味深いということだ。

（いや、グイドの意見を聞くまでもない。私は柄にもなくワクワクしているようだ）

エステルの反応は、これまで知っているどんな令嬢とも違った。

最初こそカレルの美貌に見惚《みと》れていたようだったが、すぐに気にならなくなったのかずけずけと物を言うようになったのには正直驚いた。

普通の令嬢ならカレルの容姿と次期公爵で次期宰相という背景に恋をすることが多い。

もちろんそれもカレルの魅力を形成する一因であるのは間違いないが、そこに焦点を当てる令嬢はカレルの本性に気付かない。

だがエステルは、訝しみ、眉を顰め、疑った。

そして結婚を申し込んだカレルに対して『断る方向で検討する』と言ったのだ。

他の紳士なら無礼だと腹を立てるような場面で、カレルの胸は高鳴った。

未だかつてカレルをそのように扱う女性はいなかったからだ。

だからというわけではないが、カレルは本気でエステルを迎えるために動いた。

と言っても一番障害になりそうなのはエステルだから他のことなど些末《さまつ》。

父であるヴァルヴィオ公爵への報告も、結婚の許可ではなく『単なる報告』という形になった。

「望めば他国の王族すら迎えられるというのに、どうして男爵家の娘など……」

渋い顔をする父親にカレルは冷たい笑みを向ける。

「父上がどうしても跡継ぎを成せと言うから探した結婚相手だというのに、なにが不満なのですか」

オルガ王女の件でもう結婚はこりごりだと思っていたカレルに、相手は誰でもいいから直系の跡継ぎをと圧を掛けたのは公爵だ。

だが、公爵はそれなりに家格の釣り合う令嬢を選ぶだろうと思っていたようで、カレルの決断に大いに戸惑っていた。

「よろしいじゃありませんか。カレルの好きな相手なら認めてあげましょう」

公爵夫人のオレリアが鷹揚《おうよう》さを見せると、公爵は劣勢を感じ取ったのか言葉を呑み込む。

「心配されずとも、大丈夫です。いずれ彼女を連れてきますので時間を都合してください」

有無を言わせずそう告げると腰を上げたカレルに、オレリアが問いかける。

「あら、でもまだ了解の返事はもらっていないのでしょう？」

「……そうですけど、もらったも同然です」

眉間にしわを寄せ、少し怯《ひる》んだ様子の息子にオレリアは目を細める。

息子とよく似た仕草だった。

「私は早くその娘に会いたいわ。なるべく早くお連れなさい」

「……承知しました」

カレルは気の乗らない報告を済ませると、長居は無用とばかりに本邸を出る。

別邸は本邸とそんなに離れていない距離にあるが、カレルは御者に遠回りを命じる。

「どちらへ？」

寄り道などは滅多にしないカレルの言葉に驚いた御者が、出過ぎたことを口にしてしまったと肝を冷やしたが本人は気にした様子はない。

「『ジュヴェーロ』へ行ってくれ」

それを聞いた御者は手綱を握りながら顔がにやけるのを押さえることができなかった。

ジュヴェーロとは王都で最も権威のある宝飾店で、大事な贈り物をするときにはジュヴェーロに限るとまで言われる高級店なのだ。

カレルが男爵令嬢に毎朝花束を贈っていることを知っている御者は、他人事ながら『すわプロポーズか』と気が逸《はや》ってしまう。

それでなくともオルガ王女の件では煮え湯を飲まされたカレルである。

御者は僭越《せんえつ》ながら今度こそカレルが幸せな結婚をすることを願っていたのだ。

（少々お待ちくださいませ、すぐ着きますので……！）

つい馬を急かしてしまう御者なのだった。


「えっ」

その日の朝、いつものようにカレルからの花とカードを受け取ったエステルは顔を強張らせた。

カードに『渡したい物があるので午後から伺います。少しでも会えればいいのですが』とある。

「ひえ！　どうしよう！」

慌てたエステルが食堂に駆けこむとセザールとミシェルが怪訝な顔をする。

「どうしたのだ？」

「なにかあったの？」

朝食を終えたらしい二人が怪訝な顔をする。

兄はもういなかったが、双子の妹たちもキョトンとしている。

「午後からカレル様がいらっしゃると……」

その一言に屋敷中が震撼《しんかん》した。エステルは慌てて着飾り、少ない使用人たちはこれまでにないくらい死力を尽くして周囲の清掃や片付けにと奔走した。

おかげでカレルが馬車で到着することにはヘルレヴィ家は揃《そろ》って息も絶え絶えだった。

「突然すまないね。予定があったのではない？」

「いいえ、特には。どうぞ」

疲れを隠してにこやかにカレルを迎えたエステルが、家族を紹介する。

「父とは面識がおありなのですよね？　母のミシェルと妹のアリスとエリナです」

「お邪魔いたします、カレル・ヴァルヴィオです」

まるで魅了の魔法でもかかっているようなカレルの微笑は、対象年齢など存在しないらしい。

素敵だわ、格好いいわと騒ぐアリスとエリナに身を屈《かが》めて値千金の笑顔を浮かべ挨拶するさまは、まさに初恋泥棒と言っても過言ではないだろう。

使用人を含めた老若男女全方向にその魅力を振りまくのを、エステルは半眼で眺めていた。

（いや、ほんとに……こんな素敵な人が、どうしてわたしを選んだのかしら……）

これほどの男ならば安産多産にこだわったとしても、嫁などより取り見取りではないか。

自分を卑下するつもりはないが、エステルは正直に言ってあまり『お買い得』ではない。

それは年齢的なこともあるし、身分的なこともあるし、さらに言えば性格的なこともある。

男性を立てず言いたいことをズバズバ言ってしまうエステルは、信用されることがある反面恨みも買いやすい。

それゆえ適当な男は寄ってこないのだが、だからといっていい印象を抱くこともないのだろう。

(結婚する気がなかったから、それはいいんだけれど)

故にカレルはとてもユニークな選択をしたということだ。

それを信用していいのか、エステルは彼に好意を持ちながらもまだ迷っている。

(だって……それくらいすごい相手なんだってば)

「今日お邪魔したのは、これをエステル嬢に渡したくて」

そう言って懐から出したのは細長いビロードの張り箱だ。

一目で中に宝飾品が入っていると知れるそのフォルムに周囲の空気が張り詰めた。

(ほ、宝石?)

恐らく貴族同士の付き合い上ではよくあることだろうが、あまり裕福ではないヘルレヴィ家ではそんなにないことだ。兄が婚約者に贈る宝飾品を買いに行くときには、家族会議をしたほどだ。

「あ、いや……あの……」

差し出されたジュエリーケースに、エステルは二の足を踏んだ。

それは令嬢なら誰もが憧れるという高級宝飾店『ジュヴェーロ』のものではないかと思ったのだ。

(冷やかしで見に行くことすら躊躇われる高級店……! まさか、わたしに贈るためにそんなものは……きっとよく似た別の店の……いや、この人がジュヴェーロ以外の宝飾店に行くかしら?)

いろんな考えがエステルの頭の中をぐるぐると巡り、返事をするのに多少の時間を要した。

それは僅かだったが確かに違和感の残る沈黙で、エステルが自分の失態に気付くとカレルは困ったように静かに微笑んでいた。

「ああ、もしかして私はまた順番を間違えてしまったかな？」

「えっ」

カレルの言葉にすぐ気が付いたエステルだったが、否定すると今度は自分の好意をカレルに伝えなければならない。結婚のことを前向きに検討すると言ったことは間違いないが、両親や双子の前でカレルに好意を持っていることを告げるには、心の準備ができていない。

考えれば考えるほど、エステルの喉は締め付けられるように言葉を紡げなくなる。

「だがエステル嬢、私の気持ちも察してくれないか。君からの返事をただ待っているのがこんなに苦しいとは思わなかったのだ」

秀麗な眉を顰めたカレルは静かに瞼を伏せた。

女性よりも長く繊細なまつ毛がエステルの視線を釘付けにした。

「あ、あう……」

度胸が据わっているほうだと思っていたエステルは激しく動揺した。

胸が早鐘を打ち、顔が熱いような気がする。

なにか言わなければと考えれば考えるだけ言葉が遠くなった。

（ああ、もうわたしったらどうしちゃったたっていうの？）

ままならぬ自分を叱咤《しった》すると、エステルの手になにかが触れた。

カレルがエステルの手にジュエリーケースを触れさせたのだ。

「返事をもらう前から厚かましいと思うが、君のことを考えていたらいてもたってもいられなくて……深い意味など考えずに受け取ってくれないか」

透き通ったアクアマリンのような瞳で見つめられて、エステルは思わずそれを受け取った。

「は、はい……」

「よかった。受け取ってくれてありがとう……では、私はこれで。突然お邪魔しました」

もっとゆっくりしていくようにと引き留めるセザールとミシェルには丁寧に非礼を詫《わ》び、もっと遊んでいってほしいとせがむ幼い双子の頭を撫《な》でて、カレルは帰っていった。

彼は馬車に乗る前、エステルに「よい返事を期待しています」と言って手の甲に口付けをした。

今度は振りではなく、本当に口付けた。

カレルが帰った後、家族中から『早く返事をしろ』と矢の催促を受けてエステルは虫の息だった。

ジュエリーケースには、細長い形状から予想した通りネックレスが入っていた。

「ダイヤモンドの周りに青い石……ダイヤは少しくすんでいるような？」

「お前、カレル卿《きょう》がくれたものをくすんでいるなどと……」

セザールが呆れたように言うと、ミシェルが「それはきっとグレーダイヤモンドよ」と言う。

宝石に興味がないエステルにはあまり馴染《なじ》みがない宝石だったが、由緒ある子爵家出身である母はその辺りに詳しかった。

「前は透明度が高いほどいいとされていたけれど、いまはカラーダイヤモンドがとても人気で、特にグレーはなかなか手に入らないのよ」

「はあ……そうなのね？　わたしはダイヤモンドとパールくらいしかわからないから」

ケースから取り出しチェーンを持って揺らすと、キラキラと光を反射して夢のように煌めいた。

「綺麗ね……」

初めて宝石に心を動かされたエステルに、ミシェルが囁《ささや》く。

「カレル卿の瞳の色とあなたの瞳の色だから選ばれたのね。それにネックレスだなんて情熱的だわ」

悪戯《いたずら》っぽく肩をすくめるミシェルに、エステルは目元を赤くする。

「きっと偶然よ。そこまで考えたわけじゃないと思う」

異性にネックレスを贈る意味――あなたは私のもの。

そんなものを、契約結婚の相手に贈るだろうか。

そう思いながらエステルはネックレスから目が離せなくなっていた。

カレル・ヴァルヴィオはまめな男だった。

毎日の花の他に美しい筆致で手紙を寄越すようになった。世にいう文通である。

また古風なと苦笑いをして封筒を受け取るエステルだったが、もちろん嫌な気分ではない。

内容は特別なことではなく庭に綺麗な花が咲いたとか、夕日が綺麗だったとか他愛《たあい》もないことだが、妙に心に残るのは類まれなる文才のなせる技だろう。

そしてなによりも両親に大層受けた。あの大貴族ヴァルヴィオ公爵家継嗣のカレルがここまで弱小貴族の娘に肩入れをするなど、酔狂でなければ本気なのだと確信を得たようだった。

（こ、ここまでカレル様の計画なのかしら……っ）

だとしたら策士だと言わざるを得ない。エステルは盛り上がる両親を宥《なだ》めるのに苦心した。


「少しやり過ぎじゃないかと思いますけど」

誘われて訪れた王都で人気のティールームでお茶を呑みながらエステルが恨み言を言うと、カレルは片眉を吊《つ》り上げた。

「うん？　なんのことかな」

エステルはカレルの貴族として……というよりも人間としてある種完成した形を目の当たりにして、優雅さも余裕も足りない自分をつい比較してしまう。

カレルのように先を読んで行動することができそうにないのだと素直に白状する。

「まあ、私の方が年長者だからね。しかし私だって完璧なわけではない。それに君のことをどれだけ尊重しているか、まだ通じていないとは残念だよ」

カレルが意味ありげに唇を歪ませる。

恐らくなにか皮肉めいたことを考えているのだと思ったが、その底を知ることができない。

エステルははぐらかされた気がして唇を尖《とが》らせ、眉間にしわを寄せた。

気持ちを落ち着かせようとして、ショコラを一粒口の中に放り込む。

噛まずにゆっくりと口の中で溶かすと、甘さと苦みが混ざり合い得も言われぬ芳醇《ほうじゅん》な香りが立ち上がり鼻から抜けていく。徐々に眉間のしわが解消され、頬が緩むのがわかった。

エステルにとってショコラは高級品でいつも食べられるものではないが、カレルは当然のように与えてくれる。

最初はこんな高級な物をと遠慮していたが、そのうち遠慮する方がもったいないのだと気付いた。

（このまま贅沢《ぜいたく》に慣れてしまったらどうしよう）

エステルは、自分がそんなことに頭を悩ませる日が来たことに驚きながらショコラを味わう。

「ここのショコラは美味しい？」

カレルがじっとエステルの口許を見つめて尋ねた。

「ええ、とても美味しいわ」

まだ食べきらないため手で口許を隠してもごもごと答える。

いつもなら口の中になにかが入っているときに話しかけてなどこないのに、どうしたのだろうとエステルは考えた。

（もしかして、わたしが食べているのを見ていて食べたくなった？）

まだ皿にたくさん載っているショコラとカレルを交互に見ると、その視線の意図に気付いたカレルが目を細める。

「食べさせてほしいな」

カレルが言うと、ティールームの中の空気がざわりと動いた。二人で一緒に外出すると注目されるのは理解していたエステルだったが、まさか会話まで聞かれていたとは思わず身体を強張らせる。

「あの、わたしに許可を得ずとも適宜摘まんでくださっていいのですよ？　わたしだけいただくのもどうかと思いますし」

もちろん婦人向けに可愛らしい数を上品に載せたショコラプレートは、エステル一人で食べきれてしまう量である。

しかしカレルと二人でテーブルについているし、支払いをカレルが持っていることを考えれば食べる権利はカレルにもあるに決まっている。

「そう言ってもらえると気持ちが軽くなるよ」

にっこりと笑うと口を開ける。再び周囲がざわりとする。

「？」

エステルは強張った顔のまま小首を傾げた。

それには『正気ですか？』という意味が込められていた。

「食べさせて」

カレルは甘い声で再度言うと口を開く。

(その、形の良い唇に、ショコラを、入れろと⁉)

エステルの目力が最高潮に達した。

眼球が渇いてしまうほど見つめると、カレルは唇に人差し指を当てる。

「エステル、ここに」

「……っ」

あざとい仕草で名前を呼ばれたエステルは、勝利を確信したカレルの圧に耐え切れなかった。

震える手でゆっくりとショコラを一粒摘まむと、腰を浮かしてカレルの口許に手を伸ばす。

それに応じて満足そうに口角を上げたカレルが僅かに前のめりになる。

エステルの手が届きやすいようにさりげなく気を配ってくれたのだ。

唇に触れてしまわないように気を付けたつもりだったが、努力の甲斐なく指先が触れてしまう。

思いのほか柔らかい感触に胸が高鳴る。

「あっ、すみません」

「いや?　まったく……ショコラ、美味しいね」

笑みを深める麗しい貴公子の姿に、付近まで甘い空気が広がるようだった。

ティールーム中の視線が自分たちに集まり、いたたまれなくなったエステルは「そうですか……」

と小さく呟くと横を向いて柱の年輪を数えることに専念した。

赤くなった頬を具《つぶさ》に観察されてしまうと思ったが、それでも視線を合わせることはできない。

紳士的なカレルだが、こうしてときどきエステルを試すような行動をする。

それはどんな考えから来るものなのか、エステルには想像もつかない。

(男性と、いいえ、カレル様とお付き合いするのは難しいわ)

帰宅したエステルは土産に持たされたショコラを双子に渡すとため息をつく。

「どうしたの、疲れた?」

ミシェルが心配そうに眉を下げるので、エステルは大丈夫、と首を振り口角を上げた。

「お母様、心配しないで。カレル様はお優しいし、いつも気遣ってくれるわ」

エステルは打算まみれの自分の気持ちを隠すつもりだ。

善良な母親には契約結婚を持ちかけられたことも、持参金を気にして普通の結婚を躊躇っていることも知られたくない。

「でも、あの方は気持ちの表現が甘すぎるというか……恥ずかしくなって疲れてしまうの」

自分には刺激が強いのだと言うとミシェルはコロコロと笑う。

「まあ!　カレル様は本当にエステルをお好きなのね」

破顔する母親にギクリとする。

他意なく言ったであろう『本当に』という言葉に、母親の心配が凝縮されていたように思えた。

騙《だま》しているわけではないが、純粋な恋や愛ゆえだけでないことが申し訳ない。

疲れたことを理由に部屋に引っ込んだエステルは、罪悪感に耐えるように瞼を閉じた。


考えに考え抜いて、エステルはカレルからの求婚を正式に受けることにした。

双子は美しい義兄ができて大喜びだったが、両親は心配そうな顔でエステルに尋ねてくる。

「本当に、いいのか？　心からカレル卿を好きなのか？」

あまりに突然すぎる求婚話に、最初は浮かれていたセザールもミシェルも不安げな表情だ。

特にセザールはカレルとも面識がある上に、オルガ王女とのことも知っているのだ。

社交界で注目の的のカレルと壁の花常駐のエステルでは、全体的に釣り合うようには見えない。

結婚したとしても世間からあれこれ言われて、気鬱《きうつ》な日々を過ごすことになる可能性もある。

しかしエステルはそれをわかったうえでカレルの求婚に応えようと決めた。

それにエステルはカレルのことを憎からず思っている。

彼に寄せる感情は、燃え上がるような激しい愛でなくともいいはずだ。

（そう、カレル様のわたしへの愛だって、珍獣を愛《め》でるようなものかもしれないし）

「ええ、わたしはカレル様のことをちゃんと好きだわ」

笑顔で返すとセザールはようやく納得したように頷いて、公爵家に正式な求婚の返事を送ることを決めたのだった。

承諾の返事を受けたカレルはすぐにヘルレヴィ邸にやってきて、セザールとミシェルの手を取って感謝を述べた。

そして気の早いことに『義父上《ちち》、義母上《はは》』と礼を尽くして戸惑わせ、兄のリオネルには『よろしく』と気さくに挨拶した。

そしてそわそわしていた双子の妹には、『よろしくね、双子姫』と愛嬌を振りまいた。

(さすが人たらし)

その様子を冷静に見ていたエステルに近づくと、カレルは両手を広げて笑顔になる。

「な、なんですか?」

「ふふ。婚約者殿、最後だからといって不貞腐《ふてくさ》れないでおくれ。誰より熱烈に抱き締めたいよ」

さあ、さあ！　というように手を動かすカレルに、エステルの顔は真っ赤になった。

アリスとエリナはそんなカレルを見てきゃあ！　と期待するような悲鳴を上げている。

だが、エステルはそれを許容することができず、手を前に出して断固拒否の構えだ。

「あの、そういうことはこんな開放的なところでするものではないので……」

ハグくらい誰でもするのに、とその場にいた全員が考えたが、カレルはあっさりと引き下がる。

「そう?　君は恥ずかしがり屋だからね。じゃあ、また後で」

あとで。

含みを持たせるカレルの言葉は、エステルには刺激が強すぎた。

慣れていないせいもあり、エステルは上手に会話を成立させることができずに強い言葉で反発してしまう。

これが他の男ならば適当にあしらえる自信がある。

しかし、カレルのような美青年相手にはどうしても照れてしまう。

(これまで社交を疎《おろそ》かにしていたツケが回ってきたということ……っ)

手で扇《あお》いで一生懸命に熱い顔を冷ましているエステルを横目に、リオネルがすまなそうにカレルに耳打ちをする。

「すみません、妹はまだてんで子供で」

そういうことに慣れていないのだ、と言うとカレルはにっこりと微笑み返す。

「ふふ。私は彼女のああいうところも気に入っているのですよ。とても可愛らしいですね」

妹のことをそんな風に言う男を始めて見たリオネルは、目を真ん丸にしてカレルを見つめ返した。

「あの、もしかして卿は変わった趣味をお持ち……とか?」

口にしてからすぐに、彼の亡き妻・オルガ王女が絶世の美女であったことを思い出したリオネルはさらに混乱することになる。

「いいえ?　審美眼には自信がありますし、エステルは美しいと思います。しかし私は容姿よりも彼女の心映えが特に気に入りました。あの人、求婚した私を断ったんですよ」

「え⁉」

まさか、と大きな声を出すリオネルに、カレルは人差し指を唇に当てて笑う。

「私は彼女を口説き落とすのに必死でした。彼女が恥ずかしがるから、バラしたことは内緒にしておいてくださいい」

カレルはウィンクをすると「では失礼」と爽やかに断りを入れてからエステルの方へ向かう。

それを目で追うと、国一番の美男は、婚約者の手を取って口付けしようとして断られていた。

こうしてヘルレヴィ家への挨拶を滞りなく済ませたカレルとエステルは、日程を擦り合わせ今度はヴァルヴィオ公爵家への挨拶に臨むこととなる。

「……大丈夫でしょうか」

カレルが迎えに来てくれて馬車でヴァルヴィオ公爵邸へ向かう間、エステルは緊張に表情を硬くしていた。

公爵で宰相という高位中の高位貴族と会うなんてことは初めてで、それが結婚の挨拶だとまた更にハードルが上がる。

それにエステルは恐らく『誰もが欲しい嫁』のカテゴリに当てはまらない自覚があった。

それでも慎《つつ》ましい令嬢に見えるよう厳選したドレスを着てきたがうまく立ち回れるか心配である。

「大丈夫だよ。両親だって私の婚約者に失礼はしないさ……それより顔色がよくないけれど」

向かい側に座ったエステルをじっと見つめたカレルが、心配そうに眉を顰めた。

この男はどんな場面でも緊張などしないのだろうなと思いつつ、エステルは目元を擦る。

「すみません、緊張してよく眠れなくて……」

頬を叩いて少しでも血色良く見せようとすると、カレルがエステルの隣に移動しようとする。

「ちょ、危ないです！」

馬車は意外と揺れるので、動いているときに立ち上がったりするのは危険なのだ。

しかしカレルは平気な顔で危なげなく隣に座る。危険なためエステルも戻れとも言い難い。

「大丈夫だよ。それよりそんなに強く頬を叩くなんて駄目だよ。私に任せて」

「？」

不審げに眉を顰めたエステルの顎に、カレルの指が触れ持ち上げられた。

驚いたエステルは咄嗟《とっさ》にキスをされると思って強く瞼を閉じる。

（え、なんで今？　急にどうして？）

予想外のカレルの行動に驚いたが、エステルは咄嗟に口付けを受け入れたようとした。

しかしカレルの唇はエステルのそれではなく、固く閉じた瞼に着地した。

「……え？」

瞼を開けたエステルは正面からカレルの美しい顔を直視することになり、また固く瞼を閉じた。

「ああ、そうだね。片方だと不公平だものね」

そう言ってカレルは反対側の瞼にも口付けを落とす。

ちゅう、とわざとらしく音を立てるカレルに、エステルは羞恥が高まり過ぎて息が苦しくなる。

「そ、じゃ……ないってば！」

必死に手を突っ張って覆《おお》い被《かぶ》さるカレルと引き離すと、ふわりと良い香りがした。

「ふふ、頬が赤くなって可愛いよ」

「……っ、こういうことはよくするのですか？」

照れ隠しにしてもひどい言葉が出た。これではカレルの二心《ふたごころ》を疑っているようだ。

しかしカレルは気を悪くした様子もなく微笑む。

「まさか。こんなことをするのは君にだけだよ、マイダーリン」

「ダ……っ」

とんでもない言葉を聞かされ思わず顔を見ると、秀麗な顔に悪戯っぽい表情が浮かんでいる。

それはいつも冷静な彼には珍しいものだ。

「本当に可愛いね、君は」

もっと暴きたくなる。

カレルはエステルに顔を近付けると鼻先にキスをした。

それを避けることができず甘んじて受けたエステルは、鼻先に残る少し湿った感触にときめきを感じ、それが溢《あふ》れ出《で》てしまわないように強く胸を押さえた。

少し落ち着いたエステルは、『ダーリン』に負けないような、なにか神経を抉《えぐ》る威力のある言葉をカレルに投げかけたかったが、そのタイミングで公爵邸に到着したために言葉をぐっと飲みこむ。

「お願いですから、ご両親の前で『ダーリン』なんて呼ばないでくださいね」

真顔で釘を刺すと、カレルがあは！　と朗らかに笑った。

カレルが仕掛けてきた悪戯のおかげで余計な緊張が解《ほぐ》れたのか、エステルは顔色も良くなり堂々と振る舞うことができた。元々礼儀作法は完璧で、度胸もあるエステルだ。

もしエステルが己の若さと美しさに驕《おご》り高《たか》ぶった勘違いした男爵令嬢だったら、カレルと縁を切るのも辞さないと考えていたヴァルヴィオ公爵は少し物足りなそうな顔をした。

「なんだ、普通にちゃんとした令嬢ではないか」

「お褒めに預かり光栄です」

いったいどんな女が来ると思っていたのだと内心苦笑するエステルだったが、もちろん顔に出すことはせず、涼やかで控えめな笑顔を浮かべている。

それはエステルの容姿と相まって不思議な魅力として現れた。

「父上、それは私にもエステルにも失礼です」

ムッとして眉を顰めるカレルだったが、公爵は気にしていない様子だ。

よほど揺るぎない自我を持っているのだろう。

多少の差はあれど、この親子は似ているような気がした。

（人の話をあまり聞かないところとか）

「おほほ、ごめんなさいエステルさん。うちの男共は有能なのだけれど、致命的に気が利かなくて」

言われなければこんな大きな息子がいるとは思えないほど美しい公爵夫人が、笑みを浮かべる。

それは一見場を取り繕ったもののように思えたが、すぐに二人に対する牽制《けんせい》なのだと知った。

（わああ……なるほど）

嫋《たお》やかさと強《したた》かさを兼ね備えた公爵夫人は、しっかり夫の手綱を握っているという気がした。

「いいえ、カレル様はいつもわたしのことを気に掛けてくださっています」

そう言いながら、さきほどの馬車でのことを思い出して頬が熱くなる。

恥ずかしいことを思い出してしまったと焦ったが、それが逆に好感に繋がったようだ。

「そう。私はエステルのことを特に大事に思っているのですよ」

そう言ってカレルは並んで座ったソファの背凭れに身体を預けて、そのまま自然な動作でエステルの肩を抱いた。

「……っ！」

不意の接触に身体をより緊張させたエステルだったが、カレルがすぐさまフォローした。

「ここじゃなにもしないよ」

「……っ！　と、当然です、ご両親の前でそんな失礼な……っ！」

こっそりと耳に囁きかけるその様子はいかにも親密な関係を想像させる。

ありもしない淫らな誤解をされてしまうと慌てたエステルは、馬車のときと同じように胸を強く押してカレルを遠ざける。

「おっと、我が婚約者殿はこのように恥ずかしがり屋で」

肩を竦めたカレルに、エステルはハッと息を呑む。

(もしかして仲の良いアピールのためにわざと?)

カレルを見ると『今気づいたのかい?』と言わんばかりの流し目を寄越される。

だったら事前に説明してくれと歯噛《はが》みをするが、余裕の笑みから察するにエステルがしっかりと話を合わせてくれると思っていたのだろう。

ますます不甲斐《ふがい》なく思っていると公爵が「ほう」と声を上げた。

「カレルがそのようにあしらわれるのを初めて見たぞ」

「ええ、なかなか骨のある令嬢ですこと!」

機嫌良さげに笑う夫妻をみて、カレルが言葉を重ねる。

「そうでしょう?　エステルはようやく見つけた唯一の女性です」

膝に置いた手を握られエステルの心臓は早鐘を打つが、それを悟られぬよう冷静な仮面を被る。

「そんな調子のいいことを言って。本心ならばどうぞ結婚後も同じことを言ってくださいね」

釘をさすようにカレルの胸に人差し指で突くと、夫妻はさらに機嫌がよくなった。

「なかなか堂に入《い》っていたね」

庭園を並んで歩くカレルは機嫌良さそうにしているが、エステルは疲労困憊《ひろうこんぱい》である。

「いやもう……動揺してしまって、うまくできなくてすみません……」

もっとカレルの婚約者としていいところを見せなければいけなかったのに、隣でべったりとするカレルが気になってどうにも平静を保ちきれなかった。

ヘルレヴィ家に来たカレルは過不足なくしっかりと仲のいい婚約者を演じてくれたことを思えば、同等かそれ以上の対応をしなければいけなかったのに。エステルは唇を噛んだ。

(過剰に反応してしまったわ……それもこれも、この人が素敵過ぎるから)

エステルは顔が良くとも、こんなにベタベタと愛を表現する男性を肯定的に捉えたことはない。むしろ「もっとしゃっきりしてくれ」と思っていた。

だが隣にいるのがカレルだと思うと、胸がときめいてしまって平静ではいられなかったのだ。

「いや、とても良かったよ。父も母も君を気に入ったようだった」

「そうですか？　なら、いいのですが」

だからそれは息子の婚約者を見る目ではなくて、珍獣を見る目なんですと言おうと口を開いたが結局なにも言わずに押し黙った。

それはまるで珍獣としてではなく、ちゃんとした婚約者として認めてほしいという願いを口にするものだったからだ。

(居た堪《たま》れない……カレル様の弱みにつけ込んで自分の気持ちを押し付けるなんて)

エステルはため息をつく。

もう疑いようもなくカレルのことが好きなのだ。

絶対に手の届かない片恋ならば諦めがつくのに、手が届いてしまう距離にいるのが余計苦しい。

思考に没頭してしまったため、歩調が乱れて隣を歩いているカレルの手の甲に自らのそれが当たってしまった。

「あ、すみません」

距離が近すぎたと謝罪して離れようとしたエステルの手を、カレルが掴む。

「貞淑はいいことだが、きみと私の間にはもう少し親しみというか、その手のものが不足しているような気がする」

「え」

親しみ……契約結婚にそれは必要だろうか？　公私混同してしまうのはよくない。

そう思ったのが顔に出ていたのか、カレルは目を眇《すが》めて指を絡めて深く握り込む。

「いくら契約結婚と言っても私と子作りをするんだよ？　わかっているのかな？」

「こっ！　……わかっています……っ」

理解はしているが、今この状況で具体的ななにかを想像するのは躊躇われた。

エステルの顔が徐々に赤らんでくる。

「ならば指を絡めたりするのはもっと自然にしなければ。それに君には私のことをもっと好きになってもらいたい」

好きに……。カレルの発言はエステルの真っ白な心にズドンと落ちてきた。

思いもよらない言葉はすぐにエステルの中に馴染まない。

エステルは視線を落として彷徨《さまよ》わせる。

（え？　なに？　好きに……好きになってもいいの？）

エステルとしては契約結婚であるならば、感情を介入させない方が好ましいとされるに違いないと思っていた。

契約を解除するとなったときに、泥沼に陥るのが目に見えているからだ。

だが、カレルは逆にエステルに自分をもっと好きになってもらわないと困るというニュアンスだった。ようやくカレルの言葉がじわじわとエステルの中に馴染み始める。

「ええと、それは……私がカレル様に好意を寄せたほうがいいということ……ですか？」

意味を取り違えていないか確認するために、恐る恐る聞き返すとカレルは頷く。

「そうしてもらえるとありがたい」

間違いない。

エステルは頑《かたく》なになっていた気持ちが解けたような気持ちになった。

隠さなければいけない、好きになってはいけないという枷《かせ》が必要ないものだとわかったのだ。

「はい……では、そのように」

エステルは承知したという意味を込めて、絡められた指に力を込めた。

途端にカレルの動きが止まった。

まるで手のひらに制動装置でも付いていたようである。

不審に思って見上げたエステルを、カレルは抱き締めた。

「はぁっ⁉」

突然のことにうら若き乙女とは思えない声を発したエステルだったが、カレルはそれに興を削《そ》がれた様子もなく両腕に力を込める。

「あの、カレル様……っ？」

抜け出せない強さはあれど、苦しくないように加減されていることを感じて、エステルの心臓は破裂しそうに鼓動を速めた。

カレルは洒落《しゃれ》者らしく、近付くといいにおいが漂う。

高級な酒のような芳醇な香りと、甘い花の香りがする。

彼の体温によってそれは甘さを増幅させ、エステルの初心《うぶ》な部分を刺激してやまない。

「エステルは抱き心地がいい。癖になりそうだ」

耳元でそう囁かれると、身体が勝手にビクリと反応する。

畏《おそ》れや嫌な感情ではないことはすぐわかった。

身体の下の、さらに奥の方がジワリと熱くなるのを感じる。

(いいいいやあああ……っ！　なんでなの！　ただ、抱きしめられただけなのに！)

腕の中で悶絶《もんぜつ》するエステルを、カレルがどう思ったのかはわからない。

ただ、端正な容姿にどこか戸惑いのようなものが顔に浮かんでいた。


両家にそれぞれ婚約の挨拶を終え、正式に婚約者となったエステルとカレルは、親交を深める目的でデートを重ねた。

これまで家族以外の男性と親しく出歩いたことがないエステルは大いに戸惑ったが、カレルが手取り足取りエスコートしてくれたお陰でそつなくこなすことができた。

デートするようになって知ったが、このカレル・ヴァルヴィオという男は女の敵である。

声で、顔で、行動で、仕草で女心を蕩《とろ》かせ、いかようにもしてしまう力を持っていた。

(本当に、魔性というべき人だわ……)

今日は予《かね》てからの希望だった王立劇場の観劇に来たエステルは、見事な建築に圧倒されていた。

「うわあ、なんて素敵……」

「ふふ、自分が携《たずさ》わった仕事をこんなに喜んでもらえるとは嬉しいね」

エステルが嬉しそうにきょろきょろするのを満足そうにしていたカレルは、飛んでくる質問に呆れもせず丁寧に答えた。

しかししばらくすると眉を顰めてエステルが掴まっている肘を動かして合図を寄越す。

「エステル。私たちは婚約したての二人なのだから、ときどきは私の方を見てくれなくては」

「あ、すみません！　つい……」

慌ててカレルを見るが、エステルからは彫像のような横顔が見えるだけで視線が合わない。

視線を合わせようとした途端、カレルは明後日《あさって》のほうを向いてしまったのだ。

放っておき過ぎて怒ってしまったと思ったエステルは、遠慮がちにカレルの腕を引く。

だがカレルは向こうを向いたまま。

名を呼んで再度腕を引いてもエステルに顔を向けてくれない。

不安になったエステルは何度も気を引こうとしたが、面倒くさくなり、小さく声を荒らげる。

「カレル様……、もう、カレルったら！」

意固地になっていないでいい加減機嫌を直してと少し強い口調で呼ぶと、カレルはようやくエステルの方を向く。ホッとして目尻を下げるとカレルが口角を上げた。

「ふふ、初めて呼び捨てにしたね？」

「あ……！」

そんなつもりはなかったが、うっかりしてしまったらしい。

エステルは頬を染めてそっぽを向く。恥ずかしかったのだ。

そんな婚約者の初心な様子を、目を細めて見ていたカレルは機嫌よく口を開く。

「いつでも呼んでくれてかまわな……」

「ヴァルヴィオ様！」

彼の声を遮り、よく通る甘ったるい声がカレルを呼んだ。

その声は人を振り向かせる力を持っていて、カレルとエステルは振り向かざるを得ない。

「……ああ、アマーリエ殿」

カレルは心なしか素っ気なく応じた。

「ヴァルヴィオ様、今夜いらっしゃると聞いたのでお会いできてよかったわ」

アマーリエと呼ばれた美女はエステルをエスコートするのとは反対の腕を取ってしなだれかかる。

それは婚約者をエスコートする紳士への触れ合いにしては過剰が過ぎた。

「おや、今日はあなたの出演予定はなかったのでは？」

カレルの言葉にエステルは合点がいく。

見覚えがあると思ったらアマーリエとは、舞台女優のアマーリエ・ハンリーだった。出演するわけではないからか、おとなしめの化粧にシックなドレスを着ていたのですぐには気付かなかったのだ。

「ええ。でもヴァルヴィオ様とお話したくて。ご一緒しても？」

アマーリエは長いまつ毛を伏せ気味にしてエステルの方を見た。

まるで値踏みするような視線を感じたあと、口の端で笑ったのが見えた。

（この人……！）

エステルのことを容姿も肢体も自分に劣ると結論付けたのだろう。

まったくもってその通りなのだが、エステルは羞恥と怒りが同時に燃え上がるのを感じた。

（悔しい……恥ずかしい……！）

周囲の客もアマーリエに気付き始めて、チラチラとこちらを盗み見しつつ、小声で何事か囁いている。それが全部エステルをあざ笑っているように感じられて、身震いした。

常識的に考えて、他の女性をエスコートしている紳士にこのようになれなれしくするのは明らかなマナー違反だ。エステルはカレルの正式な婚約者でもあるため、アマーリエに強く出てもいい立場。

だが、エステルは躊躇った。

（アマーリエ・ハンリーほどの女優ならば、機嫌を損ねると劇場の不利益になるかもしれない）

それはカレルの仕事とメンツに泥を塗る行為になってしまうだろう。

ここは身を引いたほうがいいと判断したエステルは、エスコートのためにカレルの腕に絡めた腕を放そうとした。

しかしカレルがそれよりも早くアマーリエに対応する。

「申し訳ないが、今夜は婚約者と一緒なのでお断り申し上げる」

「……は？」

アマーリエが間の抜けた声を上げた。まさか断られるとは思っていなかったのだろう。

エステルも同じような心境だったが、さすがに呑み込む。

「私はまもなく結婚するのです。万が一にも婚約者に気の多い男だと誤解されたくない。これからは過度な接触を避けていただけるとありがたいのだが」

にっこりと微笑むカレルには有無を言わせぬ力があった。

その迫力に押されたようにアマーリエが小刻みに頷く。

「助かるよ。君との間になにもないのに誤解されるのは御免だからね。それに今宵《こよい》の彼女は月の女神のように美しいだろう？　彼女の姿を目に焼き付けていたいのだ。同じく美を愛するあなたならばわかってくれると信じている。さあ、行こうかエステル」

「は、はい……。あの、ごきげんよう」

アマーリエに会釈をしたエステルの腰を、カレルは半ば強引に抱き寄せた。

ぴったりと身を寄せ合ったところから感じる体温がどこか嬉しくて、エステルが扇で顔を隠しながらにやけてしまわないように頬を押さえた。

観劇の間中、カレルはエステルの手を握って離さなかった。

時折指を絡めたり、指で手の甲をなぞったり、悪戯とも呼べないささやかな触れ合いは、薄暗い劇場の雰囲気も相まってエステルの気持ちを盛り上げた。

（こんな……、こんなテクニックを持っているなんて……っ）

ただでさえカレルの隣にいて、平静を保てるわけがない。

エステルはおかしな声を上げないように、懸命に舞台に集中しているふりをしたのだった。

観劇の後は不埒《ふらち》な真似《まね》などせず、礼儀正しくエステルをヘルレヴィ邸まで送ったカレルは、馬車の中でクラヴァットを緩めて息をつく。思い通りにいかないことに少し苛ついていた。

(アマーリエさえ出しゃばってこなければ、もっとエステルとの距離を縮められたはずなのに)

あれでエステルが委縮してしまったのを感じ、彼女の気持ちを繋《つな》ぎ止《と》めるのに策を弄した。

それ自体は成功したのだが、カレルは自分が予想以上に険しい顔になっているのを察知して眉間を揉《も》み解《ほぐ》した。自分の思考に違和感を覚えたのだ。

元々こんなにエステルに入れ込むつもりはなかった。

彼女を結婚相手として考えようと思ったのも、ただヘルレヴィ男爵があまりに愛《いと》おしそうに娘のことを語るものだから、少し興味が湧いただけだった。

だがこの手の直感を、カレルは大事にしている。すぐにヘルレヴィ家の調査を命じた。

オルガ王女の護衛を依頼するのに際し一通り調査したので、後ろ暗いことがないのは知っていたが、それ以外のことをつまびらかにしていく。

その中で安産多産系であること、男爵家の収入が少々心許ないこと、嫁入りを控えている子女がまだ三人いることがわかった。

(……それにしても次女のエステル嬢は交際も婚約もしていないとは。噂では扱いにくい女性だとあるが、意志が強くて阿《おもね》ることをしない性格は、ただ自信や力のない男には都合が悪いというだけだ。それだって貴族家の女主人としての素養としては最適なのに……)

頭の中が疼くような妙な焦燥感を感じたカレルはエステルの動向を調べさせ、直近で会える場としてルドワヤン伯爵家の夜会に急遽《きゅうきょ》参加することにした。

実際に目にしたエステルは、ため息が出るほど美しいというわけではなかったが、目が離せない雰囲気がある。仕事柄美人は見慣れているカレルだったが、こんな気持ちは初めて感じた。

（どうして、目が離せないのだろう）

すっきりと伸びた背中に触れたい。

まっすぐな視線を独り占めしたい。

赤く色づいた唇で名を呼んでほしい。

そんな衝動がカレルの中から湧き出している。

（いや、待て……まさか、な）

その感情がなんであるかわからないカレルではない。

しかしこれまでのものと大きく違っていてカレルを戸惑わせた。

エステルが突き飛ばされたとき、陰で見ていようと思っていたのに咄嗟に身体が動いてしまった。

いきなり現れて怪しすぎたと思ったが、そんなことよりもエステルがこれ以上傷つかないようすることの方が大事だった。

（知れば知るほど興味深く……好ましい）

どうやら自分の顔面はエステルにも好意的に映るらしいのが幸いだ、とカレルは頬を撫でる。

注目を浴びすぎて煩わしさしか感じない容貌も、エステルの気を引ける要素となるならばデメリットも甘んじて受け入れよう。

「もっと、エステルが私に夢中になればいいのに」

ぽつりと呟いたカレルは、それがなかなかに恥ずかしい告白だと気付かないのか、馬車の窓から真っ暗な外を眺めた。

それからもエステルとカレルはデートを重ね、二人の仲は順調に進展した。

エステルは少しの接触では動じずにカレルに対応できたし、手を繋いだり腰を抱かれたりするくらいで顔を赤くすることはなくなった。カレルは恋人として紳士として完璧な振る舞いを見せる。

エステルだって淑女としての振る舞いには自信があった。

しかし完璧と言うには遠く及ばない。今もカレルの方が一枚上手で、エステルは唇を尖らせた。

「いいね。美しい。よく似合っているよ、エステル」

カレルがなんの照れもなく口にするのを、エステルは無心で聞き流す。

今日は忙しいはずのカレルが仕事の合間を縫って、エステルを高級ドレスショップに連れてきたのだ。ここは王都でも一、二を争う人気店で、公爵夫人の御用達《ごようたし》とのことだ。

エステルは夫人の強い勧めで花嫁衣裳《いしょう》をここで作成してもらっているのだが、城下街を散策している途中で制作の進捗を見ようという名目で連れて来られ、試着まで勧められたエステルは虫の息だ。

（なにが楽しくて、わたしは王都一の美形を前にドレス姿を披露しているのか……）

本来ならば花嫁衣裳は年単位で予約が必要なものだが、そこは公爵家の権力でねじ込んだらしい。

オルガ王女との結婚式の際は彼の国伝統の花嫁衣裳というものがあり、夫人が口出しできるものではなかったので、悔しい思いをしたという。

「花嫁衣裳は一生に一度ですからね、気合を入れねばならないわ！」

公爵夫人は、その一度になにか心残りがあったのだろうか。

まるで雪辱《せつじょく》戦のごとく、エステルよりも燃えていた。

そこまでおおごとにするつもりのなかったエステルは、そんな高級店でドレスを仕立てることに難色を示したが公爵夫人に物申せるわけはなかった。

だがカレルはエステルの僅かな感情の揺れを感じ取って、意見を聞こうとしてくれた。

「間違いない店ではあるが、嫌ならば私から母に言うよ？　ドレスはどうしても本人の好みだから、今からでも君が好きなドレスショップに変更しようか？　それともヘルレヴィ男爵夫人にご相談を」

実母を差し置いてエステルを立ててくれようとする気持ちがありがたかった。

カレルを頼もしく思う気持ちが深まるのを自覚しながらエステルは、特にこだわりもないし社交界の流行を知っている公爵夫人の意見に従うことにした。

「変更しなくてもいいです。カレル様だって似合うって言ってくださったし」

エステルはおどけた仕草で肩を竦めるとくるりとターンした。

たっぷりと襞《ひだ》を寄せた裾が広がって、夢のように美しい。

「花嫁に華がないんですもの、列席の方々には王都一のドレスだけでも見て行っていただかなければ申し訳ないわ」

公爵家継嗣の嫁としてカレルの隣に立つには、これくらい戦闘力の高いドレスでなければ困ると笑うと、エステルは息を詰めた。後ろから突然抱き締められたのだ。

「カ、カレル様？」

驚いて首を巡らすが、カレルはエステルの頭に顎を乗せるようにしているため表情はわからない。

「君は素敵だ、誰より素敵だ。この私が妻にと選んだのだ。国一番の女性に決まっているだろう」

そう言って拘束する腕の力を強める。

（選んだって……そんなこと言って許されるのなんて、どこを探してもあなたしかいないわよ）

冷静に思いながら、それでも身の内を喜びが満ちていくのを感じたエステルは身体の力を抜いてカレルに身を委ねる。

「ありがとうございます、カレル様」

「あのう、そろそろ……あぁっ」

ドレスショップの針子が顔を出して小さい声で悲鳴を上げる。

仮縫い途中のドレスで抱き合っていたらそれは驚くだろう。

エステルとカレルは何事もなかったようににこやかな笑顔でそっと離れた。

「いったいどれくらい経験を積んだら、あなたのようになれるのかしらね」

散策を再開しつつドレスルームでのことを思い出しながら頬を染めるエステルは、絡めていないほうの手で火照る顔を仰いだ。

カレルは照れた様子もないというのに、自分だけが動揺しているようで納得できない。

そもそもあれはカレルが仕掛けてきたことなのにと憤慨していると、頭上から声が降ってくる。

「経験など、天性のものには到底かなわないよ」

それはいったいどういう意味なのかと仰ぎ見るが、カレルは意味深に微笑むのみ。

エステルはカレルと出掛けるたびに新しい自分を暴かれるような気持ちになる。

(でも、それが嫌じゃないのよね)


いよいよ結婚が近付くと、エステルどころか、家中がそわそわし始めた。

カレルはいろいろと無理を通すのだからと適当な理由を付けて、ヘルレヴィ家から持参金をもらわないことを既に宣言している。

ヘルレヴィ男爵家としては公爵家からそう言われれば従うよりほかない。

戸惑ったセザールとミシェルは口には出さなかったが、ずっと違和感を覚えたのだろう。

それを肌で感じ取ったエステルはミシェルに相談を持ちかけた。

「今更なんだけれど、憧れの方に急に嫁ぐことになったからわたしも戸惑っているの。あんなに素敵な人でしょう？　目が合ってしまうと未だに恥ずかしくて……こんな状態で嫁げるのかしら」

エステルから惚気《のろけ》のような言葉が飛び出して驚いたのだろう。

母は目を見開くと、乙女のように瞳を輝かせてエステルの手を強く握った。

「わかるわ、その気持ち……！　私とセザールも最初はそうだったもの！　大丈夫よ、必ずその不安は解消されるから！　その違和感はすべて愛になるのよ！」

母親とその手の話をするのは照れたが、安心してもらうためならばとエステルは惚気を続けた。


そうしてエステルとカレルの結婚式の日がやってきた。

公爵家ではあるが、二度目の結婚ということもあり慎ましくひっそりと行う予定だった。

しかし低いとはいえ王位継承権を持つカレルゆえ、祝いに王族が参列したり、高位貴族がずらりと列を成したりしたこともあり、なかなかに盛大な式になってしまった。

挨拶も終わり一息ついていると、カレルが「ちょっと待っていて」と席を外す。

知り合いでも見つけたのかと思っていると、彼は会場でおろおろしているアリスとエリナに近づいていく。

（え？）

アリスが少し年上に見える少年に腕を取られ困って、エリナが反対の手を泣きそうになりながら引いている。

身なりからして、どうやら高位貴族の子弟に強引に誘われているようだ。

（いやだ、どうしよう！　家族と一緒に居るように言っておいたのに……！）

妹たちのところに向かおうと腰を上げたが、既にカレルが双子のところに到着し少年を取りなしているようだ。

双子たちはカレルに引っ付いて安堵《あんど》した様子に見える。

エステルは絡んできたのがどこの子息か知らないが、顔の広いカレルは承知しているのだろう。

平和的に話が付いたようで、少年は後ろ髪引かれるように振り返りながらも双子から離れてく。

（ああ、よかった……！）

胸に手を当てて安堵の息をついたエステルは、カレルの目端《めはし》が利く性格に感嘆を禁じ得ない。

きっと自分よりも疲れているに違いない、そして今日の主役のカレルは人をやることもできたのに自ら動いた。

（日毎に好きなところが増えていく……どうしよう）

戻ってきたカレルに礼を言うと、彼は美しい顔に笑みを浮かべた。

「アリスとエリナは私の妹でもあるからね」

この結婚は決して形式的なものではないのだと証明するようなカレルの態度に、エステルは胸をときめかせるのだった。

3．初夜とは甘く蕩かされるもの

結婚式も滞りなく終わり、エステルとカレルはヴァルヴィオ公爵家の別邸へ向かった。

そこは現在カレルが暮らしている屋敷で、新婚夫婦の住まいとなる。

初めて訪れる屋敷で、しかもこれから初夜を迎えるのだと思うと、エステルの心臓ははちきれんばかりに高鳴っている。簡単に家令や使用人の紹介をされてから、屋敷の中を簡単に案内された。

（あれ……？）

カレルがさっさと通り過ぎようとした一角がエステルは気になった。そこは明らかに異国風と言っていいもので、屋敷の大部分とはそぐわない……少し浮いた印象だった。

「カレル様、ここは……？」

エステルが指摘すると、カレルは珍しく気まずそうに眉間にしわを寄せた。

「あぁ……ここは」

言葉を切ったカレルは髪を掻き上げて息を吐く。

「オルガ王女が気に入って過ごしていた場所だ……すまない」

あまりカレイドクス国に馴染まなかったオルガ王女だったが、別邸の庭を気に入ったようで、庭に面した一角をヴリルテア王国風に模様替えしたという。

「表向きは王女が亡くなっていることになっているので、ヴリルテアゆかりの方が時折王女を懐かしんで訪ねてくることがあるのだ。ヴリルテア国王との約束でここは五年間このままで、彼女の肖像画を飾ることになっていて……」

なんでも彼の国の宗教では五年間は亡き人の遺品を留め置くそうだ。

「あぁ、なるほど。承知しました」

理由がわかったエステルはウンウンと何度か頷いた。

あまりにあっさりとした態度に、カレルはさきほどよりも深いしわを眉間に刻む。

「気分を害したのではないのか……？」

「いいえ？　ヴリルテア王国との約束なのですよね？」

ならば仕方がないでしょう？　と言うエステルの瞳は澄み切っている。

カレルは拍子抜けしたようにじっとエステルを見た。

その顔には『解《げ》せぬ』と書いてあるような気がして、エステルは小首を傾げた。

屋敷の案内を終えると、すぐに身支度にかかる。

エステルを手伝ってくれた使用人は公爵家ゆかりで、しっかりと教育された者だけあって身のこなしも品があり、エステルは身が引き締まる思いだった。

高位貴族ならば入浴の介助をしてもらうのは当然で、使用人に裸を見られるのも当たり前だろう。

しかしエステルはそんな経験はなく、浴室で服を脱がされてから『あっ』と気が付いたくらいだ。

「あの、一人で入れますから……っ」

恥ずかしさから手伝いを断ろうとしたエステルだったが、年長者らしい使用人のボーナがキリリとした態度でそれを一刀両断にする。

「お言葉ですが、我らはカレル様の奥様に憂いなく寝所に向かっていただくために技を磨いてきました。後悔はさせませんので、どうぞ御身《おんみ》を委ねてください」

「は、……はい」

迫力に押され、エステルは口を噤《つぐ》んだ。

最初こそ緊張していたエステルだったが、広い浴槽と丁寧な対応に徐々に心と身体を解きほぐされて気持ち良さげに息を吐く。

「はぁ……」

「ご不便ございませんか?」

髪を洗ってくれているボーナがにこやかに声を掛けてくれるのが心地よい。

「とても気持ちいいです」

エステルが見上げるとボーナは口角を上げる。

「坊ちゃまが奥様をお迎えになるときのためにと磨いてきた技術がようやくお役に立ちました」

(坊ちゃま……)

確かにボーナの年齢ならばカレルのことをそう呼ぶのが適当な時期もあっただろう。

ボーナと他の使用人もうんうんと感慨深げに頷いた。

「あ、でも……前の奥様が」

口にしてから、これは避けるべき話題だったと思ったが取り消すこともできず、エステルは中途半端に黙る。

「……オルガ王女様は私たちに身を委ねはしませんでした。王国から侍女が同行していたので」

これまで柔らかだったボーナの口調がわずかに固くなった。

もしかしたらオルガ王女にあまりいい感情を抱いていないのかもしれない。それはつまりカレルを大事に想っていることの裏返しなのだろう。

「そうなのですね。不肖ながらこのエステル、初の栄誉に預かり光栄です」

エステルがおどけたように口調をかしこまらせると、みんなが声を上げて笑った。

リラックスして浴槽から出ると、髪や身体に香油を塗られる。まるで王侯貴族になったようだと口にすると、「紛《まぎ》れもない王侯貴族の奥様ですよ」とまた笑いが起きる。

(そうだ……わたしは本当にカレル様の妻になるのだわ)

エステルの気持ちはいやがおうにも高まっていく。

ガウンを着て夫婦の寝室の扉を開けると、中には既にカレルがいた。

どきりと胸が高鳴ったエステルはガウンの胸元を掴んだ。

明かりを絞った寝室においても、カレルは光輝いて見えた。

「随分楽しいバスタイムだったみたいだね」

銀の髪はいつもよりも重くしっとりとした光を放ち、アイスブルーの瞳は奥の方に僅かに不穏な光を宿して燻《くすぶ》っているかのよう。

エステルと同じようにガウンを羽織った彼の胸元は、思ったよりも野性的に見える。

それが薄暗い部屋でどうしようもなくエステルの胸をときめかせた。

「え、花嫁よりも美しい花婿……」

思ったことがダイレクトに声に出てしまった。

カレルは言われ慣れているのか、口角を上げて微笑む。

「私には君のほうが美しく見えるよ……花嫁衣裳も美しかったが、素のままの君はまた清廉な雰囲気があって素敵だ」

清廉の意味を間違っていないだろうか。

どうでもいいことを考えているのは、緊張を誤魔化すためだ。

エステルは今夜、このままカレルと床を共にするだろう。

契約結婚の一番重要なところは『ヴァルヴィオ公爵家の継嗣を産むこと』だ。

エステル側の条件である『持参金不要』は既に履行されている。

というか、カレルは祝い金という形でヘルレヴィ家を援助すらしてくれた。

契約以上のことをする必要はないと異を唱えるエステルに、カレルはアイスブルーの瞳を細めた。

「君が決心してくれたことに比べれば、こんなことは問題にもならない些末事《さまつじ》だよ」

そう言って手を握った。もちろんエステルにとって結婚してカレルと閨《ねや》を共にして、彼の子を孕み出産するのは簡単なことではない。

しかしエステルはカレルに少なからず好意を抱いているし、恥ずかしさ以外を我慢するわけではないため、忌避感や背徳感とは無縁だ。ただただ恥ずかしいだけで。

今だって本当に目の前の美しい男が自分を抱けるのだろうかと思うと、胸が張り裂けそうだ。

「エステル」

名前を呼ばれるエステルは恥ずかしさが増して下を向く。

カレルはゆっくりと歩み寄って目の前までやってきた。

「……抱きしめてもいいかな？」

出会ってから結婚が整うまでにおよそ三か月間、カレルは性的な触れ合いをしてこなかった。

握手やハグ、頬などの顔のパーツにキスはしたが、それは節度ある触れ合いと言ってもいいだろう。

婚約者にするには些《いささ》かぬるい対応と言わざるを得ない。

それも今夜でおしまいということである。

「はい」

努めて平静に返事をしたつもりだったが、微《かす》かに語尾が震えた。

決心したつもりだったのに不甲斐ないと情けなくなるが、そんなエステルの気持ちごとカレルは抱き締めて大きく息を吸う。

「あぁ、いい香りがする」

「あ、それはさっきボーナさんたちからお風呂で……」

少し腰をかがめてエステルに覆い被さるようにするカレルの方がよっぽどいい香りがすると思いながら告げると、ほんの少し空気の温度が下がった気がした。

「私よりも先にボーナたちに身体を見せたのか」

「だ、だってそれはお風呂ですし……」

男性に見せたわけでもないのに、どうしてそんなことを気にするのか。

不思議に思っていると背に回されていた腕が解かれ、あっという間に膝裏を掬《すく》い上《あ》げられ視界が揺れる。カレルがエステルを横抱きにしたのだ。

「きゃあ!　カレル様、重いので下ろしてください!」

「重くない。私を見くびられては困る」

足をじたばたさせるエステルを無視したカレルは、涼しい顔で悠然とベッドまで歩く。

下手に暴れて落とされてもしたら大変だと思ったエステルは、すぐそこまでだからと唇を噛んで羞恥心を抑え込む。

「それは、キスをねだっているのかな?」

「え？」

顔を上げたエステルの瞼にいつかの馬車の中でのように口付けを落とすと、カレルはエステルをそっとベッドの上に下ろした。

すぐに行為が始まると思ったエステルに反して、カレルは腕の中に彼女を囲うように乗り上げる。

「エステル、キスしてもいいかな？」

「はい」

端正な顔は動じた様子もなくいつも通り美しい。現実感がなくて、エステルは小さく頷いた。

もっと何か言うべきではないかと思ったが、動揺していてそれしか口にできなかった。

逆光のカレルがゆっくりと近付いてきて、それに合わせてエステルは瞼を閉じた。

ちゅ、と軽いリップ音がして唇が重なる。

それはすぐに離れていき、また押し付けられた。

何度かそれを繰り返したカレルはすっとエステルと距離を取る。

「……嫌悪感はない？」

一瞬なにを言われたのかわからず、エステルはカレルを見つめた。

瞼を伏せた、今日夫になった人物の美しさに神の技巧を見せつけられた気になっていたのだ。

「嫌悪……ええ、大丈夫です。むしろ」

むしろとても気持ちがよかったと言いそうになって、エステルは横を向く。

本当は顔を隠したかったが、そんなことをしてはカレルの気に障ると思った。

「そう、よかった……ではもっとたくさん触れていくからね」

場数を踏んでいるのだろう、カレルは丁寧にエステルに口付けていく。

角度を変えて上下の唇を甘く食《は》んで開かせると、歯列を割って舌が侵入してくる。

「んっ、う、んん……っ」

カレルに導かれるままに舌の侵入を許したエステルは呻《うめ》き声《ごえ》をあげながら目を白黒させていた。

（な、なんて淫らなの……っ！）

生温かくぬめぬめとした物が口腔《こうこう》を好きに這《は》い回るなんて、信じられなかった。

だが、もっと驚いたのは嫌悪感が湧かないことだ。

確かに感じる他人の味と体温は、エステルにすぐに馴染み陶酔感すら与える。

（あ、気持ちいい……っ？　どうして？）

口腔内に性感帯があるとは思わず、どんどん身体が熱くなっていくのを不思議に感じていた。

カレルの舌がエステルのそれに絡みつき、摺《す》り合わされると、身体が勝手に戦慄《わなな》いてしまう。

舌を吸われると、得も言われぬ法悦《ほうえつ》がエステルを支配するようだった。

「あ、はぁ……っ」

唇が解放されると悩ましい嬌声《きょうせい》が漏れるが、エステルは気付かない。

心地よさと軽度の酸欠でぼんやりしている妻を、カレルが目を細めて見つめた。

そのアイスブルーの瞳には隠し切れない熱情が浮かんでいたが、カレルはよく己を御した。

露《あら》わになった細い首筋、鎖骨のくぼみ、ガウンを開いて胸の柔らかいところ——エステルが心地よく身体を開けるようにゆっくりと触れていった。

柔らかい胸の膨らみをそっと撫でて、焦らすように熟れた先端のまわりをさする。

ふと際どい部分に指がかかるとエステルの口から荒い息が漏れ始める。

「ん、……ふっ、……は、ぅ……、もっと……っ」

殺し切れなかったあえかな声にカレルの手が止まった。

ハッとしたエステルが顔を強張らせるとじわじわと赤面していく。

「す、すみません……っ」

「いや、とてもいいと思う」

不慣れなせいでなにもかも覚束《おぼつか》ないのに、つい口から出た催促の言葉に火照りが収まらない。

「あの、変な意味ではなくて、その……っ、カレル様が優しくて……っ」

「もしかして焦《じ》れったかったかな？　もう少し強めに触れてみてもいい？」

カレルにそう聞かれたエステルは、よく考えないまま頷く。じれったいと思ったのは本当だ。

きっと痛いほど張り詰めた胸の先端を、カレルから優しく転がされたら気持ちいいに違いない。

（でも、初夜のときに言うことではないわよね。それに少し強めと言っても、カレル様の事だもの、いい感じで触れてくれるに違いないわ）

しかしエステルの予想は外れた。

カレルはエステルの双丘を下から持ち上げるようにして掴むと、赤くしこった乳嘴《にゅうし》を口に含んだ。

「ひ、あぁ……っ！」

急に与えられたビリビリとした激しい刺激に耐えられず、エステルは大きな声を上げてしまう。

まさか母親になる前からそこを吸われるとは思わなかったのだ。

「あっ、カレル様、そこは違います……っ」

ジュウと吸い付かれ、ネロリと舌で舐《ねぶ》られると、背中がぞわぞわと初めての快感を訴えてくる。

腰を反《そ》って耐えようとするが、反対の乳嘴も同じようにされ、空いたほうを指でクニクニと捏《こ》ねられては堪らない。

「んっ、ふ……、あっ、ああ！」

また情けない喘《あえ》ぎ声が漏れる。

男性は胸が好きだと知っていたが、ここまで執着するものだとは終《つい》ぞ知らなかった。

エステルは驚きをもって胸の前にある端正な夫の顔をまじまじと見つめた。

無遠慮な視線に気づいたカレルは口から乳嘴を解放すると、エステルと視線を合わせながら両の乳嘴を指で転がすようにして愛撫《あいぶ》する。

「は、あっ！　カレル様……っ、そんな、こと……っ」

「エステルの胸は柔らかくて、感度がいいね？　可愛いよ」

感度ってなんだ？　胸が可愛いとは？

エステルは混乱のまま、必死に声が出ないように歯を食いしばるが、その唇をカレルが舐《な》めた。

「ふあ……っ？」

「エステル、どうして声を我慢するの……」

指は乳嘴を弄《いじ》りながらカレルが眉を顰める。質問の意図が汲《く》み取《と》れず、エステルは目を瞬かせる。

「どうしてって……、声が情けないからですが」

カレルに情けないところを見せたくないと思うことはおかしいのだろうか？

不思議そうに眉間にしわを寄せるエステルに、カレルは少し声を張る。

「舌を出して」

「へ？」

突然の言葉に意味を把握できないまま、エステルが僅かに口を開いて舌を差し出すと、覆い被さってきたカレルがそれを自分の舌でべろりと舐めた。

「は……っ？」

「引っ込めないで、舌を出して」

エステルの顎を捕らえて口が閉じないように親指を口に差し入れたカレルは、ぬちぬちと舌を擦り合わせた。

「ふぁ、あ、ぁ……っ、ひゃえ、う……っ」

やがてカレルの舌はエステルの口腔に差し入れられる。

上顎を擽り歯列をなぞると、エステルの身体はビクビクと戦慄いた。

唾液が口に溜《た》まり、口の端から流れていく。

「あ、ふ……っ」

噛みつくように深く唇を合わせ、舌を吸われると、魂ごと吸い出されるような心地になる。

じゅる、と水っぽい音がして口付けが解かれると、口の周りの唾液を舐めるカレルと目が合った。

美しいアイスブルーの瞳は雄の本性を現したように、ギラギラと怪しげな光を纏《まと》っている。

「ふぁ、な、なに……いまの……」

「なにって、キスだよ。こういう激しいキスを口や胸だけじゃなく身体中にするのが閨事だからね？

因《ちな》みにまだするよ？」

エステルはカレルのことを十分知ったうえで結婚したわけではないと承知しているが、それでも知らなすぎたと今更ながら思い知り、生唾を呑んだ。

雄《おす》みが増したとはいえ、カレルがエステルに無理を強いることはない。

ただ、エステルが照れ隠しで泣き言を洩らしているだけだ。

「あ、ああ……っ、そんな、そんなこと……っ」

指で赤く色づくまで転がされた乳嘴を再び口に含まれたエステルは、どうしていいかわからずにカレルの髪を乱した。

「ふふ、可愛いね。ぷっくりと膨らんで固く存在を主張している。もっと舐ってほしそうだ」

これ以上ないほどに敏感になった乳嘴をわざと音を立てて吸い上げて甘噛みされると、細く悲鳴のような声が漏れる。

もうエステルには声を押し殺そうという気は回らないようだ。

「駄目、だめぇ……っ、あぁ……！」

軽く極まったのか、腰を反らしたエステルの下腹部にカレルの指が触れる。

それはあわいを濡らす蜜を纏うと秘裂を擽って探るように襞をかき分けた。

「は、あぁ、カレル様……そこ……」

「うん、柔らかくなってきているけれどまだ解さないと痛いから。緊張せず、私に身を任せて」

ゆっくりと慣らすように入ってくる指は入り口を丁寧に抜き差しする。

もっと太いものを挿入するために必要なことだとわかっていても、エステルは自分も深く触れたことのない場所に対して恐怖心を捨てきれずにいた。

「こわ、怖い……っ、そんなところに入れて、内臓とか……大丈夫なんですか？」

不安のあまり不吉な考えが頭をよぎる。

だが、それに対するカレルの声は優しい。

「うん、大丈夫だよ。ちゃんと入るように、しっかりと念入りにしてあげるからね……」

中を探っていた指が一旦出ていくと、今度は本数が増えて再びエステルの中を苛《さいな》む。

「あ、あぁ……っ、カレル……っ、さ……っ」

指で膣壁《ちつ》に触れられると、キュウと中が締まる。

腹側の箇所を何度も撫でられ押されたエステルは、これが性交でないことに疑問を覚えた。

(こ、こんなに中まで入っているのに、これ、まだ指なの⁉)

なにかが溢《あふ》れだしてしまいそうな衝動を必死に我慢するエステルはそんな様子を目を細めて見ているカレルには全く気付いていなかった。

何度か極まり、意識がトロトロになったころ、ようやくカレルの熱い陽根がエステルのあわいに密着する。硬く昂《たかぶ》る雄茎が美しいカレルにもあるということと、それがさらに硬くそそり立つという事実が不思議だった。

荒い息の中、頭の隅でそんなことを考えていたエステルは、今まさに考えていたそれがなんの隔たりもなく脚のあわいに擦り付けられたことに驚いて声を上げた。

「ん、ふぁ……！」

淫らに濡れた音がする。

これまでの愛撫であわいがしとどに濡れていることに、エステルは顔を赤くする。

「エステル、君のここに……私を受け入れてくれるか？　もし本当に駄目なら……今、言ってくれ」

切羽詰まったようなカレルの掠《かす》れた声は、エステルには誠実であろうとする紳士の姿に見えた。

エステルは緊張しすぎて心臓が止まりそうだと思いながら頷く。

「駄目じゃないです……わたしをカレル様の妻にしてください……っ」

そう言うとカレルが覆い被さってきて、唇が荒々しく塞がれた。

すぐに唇を割って舌が入ってきたので、エステルは慣れないながらも同じようにしようと舌を伸ばして絡める。

「んふ、あん……っ、んん……っ」

舌からじんと痺れが生じ、カレルの胸板で押し潰された乳嘴がそれを増幅させる。

背筋が戦慄くような不思議な感覚が下腹部に重くわだかまり、エステルは腰をくねらせた。

「エステル……っ」

名前を呼ばれてそれに応じようとしたが、激しい違和感に襲われてできなかった。

カレルの興奮しきった雄茎がエステルの蜜襞を割り、蕩けた蜜口に切っ先を入り込ませる。

「は、あぁ……っ！　い……っ」

すぐにそれは痛みだと思ったエステルは息を詰めたが、再びカレルに口を塞がれた。

激しく貪るような口付けに目を白黒させると、蜜口の方のカレルも侵入を深くする。

ゆっくりと行きつ戻りつ、しかし確実に奥を目指す明確な動きに、穏やかなカレルの中の熱情を見つけた気がした。

エステルは生理的な涙が滲《にじ》むのを感じながら、両腕をカレルの首に回して強く抱きつく。

「ん、んん……っ」

異物感をなんとか受け入れようとするが、中の敏感なところを刺激されると、蜜洞が勝手に収縮して雄芯を締め付ける。

そうすると相対的に自身の弱いところも刺激されることになってしまい、エステルはどうしようとも結局快楽の沼から抜け出せないことを知る。

「エステル、とても素敵だよ」

ミリミリとエステルを拓こうとする動きが止まりカレルから吐息が漏れる。

それは熱くエステルを蕩かせた。

「あ、はぅ……っ、終わりました……？」

ビクビクと跳ねそうになる身体をなんとか抑えるエステルの額に、カレルは軽く口付ける。

「ごめんね、まだ途中なんだよ。少し落ち着いたら動くからね。今は息を整えて」

閨の作法は知っているのに、知識と体験にあまりにも差があり過ぎて思考が追いつかないエステルはまるで幼子のように震えた。

「こんな……訳がわからないくらい……身体の奥が疼くのが、普通なのですか……？」

カレルの言う通り息を整えようとしても、中が勝手に収縮して陽物を締め付ける。

どうしたら楽になれるのだろう。前戯で達したときのように熱を解放したいのに、肝心なところに届いていないようなもどかしさに、エステルは身動《みじろ》ぎをする。

「苦しいのだね？　大丈夫、その中途半端な渇きを埋めるために、私が手を貸そう」

汗で張り付いた前髪を撫でて額に口付けるカレルの吐息は、相変わらず熱を孕んでいる。

「ありがとうございます……ではカレル様の熱を鎮めるのはわたしの役目ですね」

ぎこちなく口角を上げる。ここで花のような笑みを浮かべられたらきっと最高の淑女だろうと思うが、残念ながらエステルはそこまで極めることができていないようだった。

だがカレルにはエステルの気持ちが届いたようで、こころもち質量が増えた気がした……エステルは結果的に煽《あお》ってしまったらしい。

重ねて言うが、カレルは紳士だ。

故に馴染ませたあと、紳士的に「動くよ」と宣言したし、エステルが頷いてからおもむろに腰を動かし始めた。最初は様子を見ながら、そして徐々に大胆に。

指で慣らしたときや挿入時の様子から、エステルの弱いところをある程度把握して気持ちいいと思われるところを優しく攻め立てた。

「あ、あ、んんぅう……っ」

ぐり、と抉るように一点を突かれ、ビクビクと身を震わせて達しようとしたエステルを、カレルは高みから急に引き下ろす。

そしてまた穏やかに長いストロークでエステルを穿《うが》つ。優しい声で名前を呼びながら。

「エステル……可愛い……」

「ひあ、まって……っ、そこばっかりぃ……っ」

トントンとリズミカルにいいところに当ててくるカレルに抗議するつもりでも、喘ぐ声は甘く快楽の只中《ただなか》にいることを証明してしまっている。

カレルの気持ちがいやがおうにも盛り上がってしまうのは、仕方がないだろう。

「エステル、エステル……私の子供を孕んでくれ……っ」

甘いささやきがエステルの鼓膜を震わせ、そして官能の限界を易々《やすやす》と突破する。

カレルは間違いなく紳士だ。

しかしカレルは抗《あらが》い難い欲望をエステルに求めた。

残念ながらそれはエステルの思う紳士の動きではなかった。

彼はエステルに労《いたわ》りの言葉を掛けてくれたし、乱暴ではなかったと思われた。切なくなるほど甘く、寄せては返す波のように終わりの見えない行為は痛みを伴う責め苦よりもエステルを苦しめた。

「あ、あ、ああ……！」

限界が近い。本当にもう駄目だ。

エステルの額の上あたりにチカチカと火花が散り、腰が勝手に浮き上がり震える。

それを見極めたのかカレルが奥の奥をこじ開けようとするかのように、腰を動かした。

ビリビリと雷に打たれたような衝撃と、すべてが崩壊したような、言い表すことができない感覚が身体中を駆け抜けた。

「う、あぁ……、カレルぅ……っ！」

「く……っ」

蜜洞が引き絞られ雄芯を締め付けると、カレルがくぐもった呻き声をあげ、奥を突く。

一拍遅れてぐぐ、と昂《たか》ぶりが息を詰め、熱情を迸《ほとばし》らせた。


思ったよりもたくさん注ぎこんでしまったと思ったカレルは、少し照れくさい思いをしていた。

それというのも絶頂の間際にエステルがカレルのことを呼び捨てにしたからだ。

（エステルは私のことをいつもは敬称を付けて呼ぶから、呼び捨てはより親しい感じがして新鮮だ）

もともとカレルのことを呼び捨てにするのは国王以下一部の王族と両親くらいで、そう多くない。

この国でカレルは常に『敬われる側』である。

（だがエステルとはこれから共に人生を歩むのだから、対等に呼び合うべきだろう）

その一歩をエステルから歩み寄ってくれたのは、カレルにとって胸躍ることだった。

これまでカレルは馴《な》れ馴《な》れしく呼ばれることを嫌っていた。

常に敬意を持ち接するのが妥当ゆえに、妙に距離を詰めてくる相手のことは失礼だと断じた。

それが硬派だと余計に一部の歓心を買い、熱狂的なファンを作り上げてしまった感も否めない。

今は仕事を間に挟むことで適当な距離を保っている。

にこやかに対応しているカレルも、ひとたび距離感を間違うと、氷のような視線で相手を射貫く。

（エステルからはおかしな下心などを感じないからか、逆にどんどん来てほしいが）

身体の下でぐったりとしているエステルはどうやら気をやったまま眠ってしまったらしい。

もっと語らいたいし、なんならもう一度お願いしたいと思っていたカレルは残念な気持ちを抱えつつエステルの額に口付けをして抱きしめて眠りについた。


目が覚めたエステルは正気を疑った。

(夢に違いない、わたしはまだ眠っているんだわ！)

そうでなくてはカレルに抱き締められて眠っている説明がつかない。

現実を受け入れられず、もう一度眠りに就こうと瞼を閉じると、カレルの腕に力が籠った。

「エステル、起きたのかい？」

「いいいいい、いいえ、まだ寝ております……っ」

慌てて瞼を閉じ眠ろうとするが、その瞼にカレルが口付けをするので眠れない。

抗議しようと目を開けると、今度は唇を塞がれる。

「んっ、あの、……カレル様？」

思わず名前を呼ぶと、カレルが眉間にしわを寄せる。

明らかに気分を害したのだとわかるその表情にエステルは怯む。

「す、すみません」

反射的に謝罪を口にしたが、なにに謝っているのか、エステル本人にもよくわかっていない。

それを目ざとく察知したカレルが起き上がって、おもむろにエステルの上に馬乗りになる。

「呼び方を戻したのはどうしてだ？」

「え？」

呼び方とは？　エステルの頭の上に疑問符が散る。まったく身に覚えがなかったのだ。

「昨夜は私のことをカレルと呼んだじゃないか」

カレルはなぜか焦ったように早口になる。

「え、わたしそんな失礼を？」

謝ろうとしたエステルの口を押さえたカレルは、唇を引き結び片眉を上げた。

「違う、そうじゃない」

「？」

ではどうしたのかと聞きたかったエステルだったが、口を再び塞がれて朝からねっとりと濃い口付けを施されてうやむやになってしまった。

エステルは初めての『ベッドでブランチ』を贅沢感と少しの罪悪感の中で体験した。

並んで食事をしながら、カレルの仕事がしばらく休みであることを知る。

「新婚だからね。迷惑でなければエステルと一緒に居ようと思う。いろんな話がしたい」

カレルの言葉に感動したエステルは浮かれていると知りながら、テンションが高くなってしまう。

「わたしもカレル様とたくさんお話がしたいです」

好きな本や演劇など、内容は多岐にわたり弾んだが、子供の話題になると双方表情が引き締まる。

「何人ほしいですか？　事前に考えたのですが、多くても少なくても問題がある気がして」

エステルは顎に手を当てて小さく唸《うな》った。貴族の家督は男子が継ぐことがほとんどのため、カレイドクス国ではどこの家門も男子が生まれるまで子作りをするのが一般的だ。

また子供が少ないと怪我や疾病などで直系が途絶える危険があるため複数人いることが好ましい。兄弟が多いとその中で諍いが起きたとき、家門を揺るがす事態になる可能性もあるが、自分とカレルの子なら愛情をもって教育すれば大丈夫だろうとエステルは考える。

さらに言えば王家に男児が生まれた場合は、未来の王妃として輿入《こしい》れを望まれるかもしれず、女児もいるに越したことはない。

「何人いてもいい。子供は好きだし、エステルに似た子供なら男でも女でも可愛いから問題ない」

「……っ！　それはこちらのセリフです！　カレル様の子供なら頭脳明晰《めいせき》容姿端麗が約束されているではないですか！　骨盤が砕けるまで何人でも産みますよ！」

ぐっと拳を握ったエステルは、それが数年間の閨行為を肯定する言葉だと気付いて顔を赤くする。

「お願いだから骨盤は砕かないで……ふふ、でもそこまでの覚悟があるのは頼もしいな。身体を壊さない範囲で是非頼むよ」

抱き寄せて甘く口付けをすると、自然と肌を合わせるような雰囲気になった。

新婚の二人の部屋に近付く者はいるはずもなく、カレルとエステルは再びベッドに沈み込む。

クスクスと笑いながらじゃれつき、口付けをして何度も交わった。

博識なカレルはいろんな体位を知っており、「いつか試したかった」と聞いたことのない体位をエステルに教えた。

「いや、絶対嘘！　これはないでしょう⁉」

真っ赤になってイヤイヤと首を振っていたエステルも、挿入が成り、新たな快楽を教え込まれると嬌声を上げて何度も果てた。

交わり、疲れたら眠り、腹が減ったら食事を摂《と》り。

考えたことのないほど怠惰な一日を過ごしたエステルとカレルの絆《きずな》は深まった。

翌日はさすがにベッドから起き上がった。休みとはいえ、することはたくさんあるのだろう。

侍従のグイドに呼ばれたカレルは、休暇中なのにと不満を口にしながら部屋を出ていった。

「……はぁ」

エステルは疲労を感じ、肩で息をする。

カレルはなんともないようだったが、エステルにしてみれば一日中ずっと全身運動をしていたようなものである。

身体のいろんなところに疲労が溜まって凝っているように感じていた。

（特に股関節……）

ゆっくりと立ち上がり脚を開いたり屈伸したりして可動状況を確かめる。

歩き始めはよろめいてしまったが、そこまでひどいダメージではないようで安心する。

(でも、なんだかまだ中にあるみたいな、異物感……)

思ったよりも情熱的で偏愛的なカレルを思い出してしまったエステルは、緩みそうになる頬を叩いて身体を動かすことにした。黙っていたらもっと恥ずかしいことを思い出しそうだったのだ。

(カレル様がいない隙に、邸内を探索しよう)

ヘルレヴィ家とは違い、ヴァルヴィオ公爵邸は別邸と言ってもかなりの広さがあり、昨夜簡単に聞いただけでは把握しきれるものではない。早く屋敷に慣れておいたほうがいいだろう。

「お庭もあると言うし……」

エステルは呼び鈴を鳴らしてメイドを呼ぶと、支度を手伝ってもらい邸内の散策に出た。

「本当に立派なお屋敷……」

「ええ。ヴァルヴィオ公爵家が持つ別邸の中で、本邸の次に由緒がある建物だそうです」

身支度と案内を担当してくれたメイドはマヌエラと名乗り、はきはきとして気が利きそうだ。

年はエステルよりも少し下くらいだろうか。

「そうなのね。それにしてはとても手入れが行き届いていて素晴らしいわ。古さよりも積み重ねてきた歴史を感じられる……あ、ここは」

エステルが足を止めたのは、昨日別邸に来たときにも見かけた、オルガ王女が気に入っていたというヴァリルテア王国風の一角だ。

「あ……」

マヌエラも都合が悪そうに顔色を変える。

「ええ、事情は聞いているわ。変な含みがあるのではなくて、ただヴリルテア王国風が珍しいの」

そう言うとエステルはオルガ王女のテリトリーに足を踏み入れた。

彼《か》の国では壁紙に複雑に文様を描く。

そこに入れ込まれた歴史を読み解くように、エステルはそっと指で触れた。

「素敵ね……他の部屋も、……ゴホン、なんでもないわ」

他の部屋もヴリルテア王国風にしてみても、と言いそうになったエステルは『さすがにそれはないわね』と思い直して咳払いをする。

エステルは興味深く室内を見て回った。暖炉の上に大きな肖像画が飾ってある。

カレルとオルガ王女の結婚式の肖像画だ。

ヴリルテア王国風の衣装を身にまとったオルガは、以前劇場で見たアマーリエよりも美しい。

「まあ、なんて美しいのかしら……」

これは嫌味ではない、本当に心の底から出た言葉だった。

エステルは公爵家とヴリルテア王国の結婚式に参列などできるはずもないため、カレルの初めての結婚式の様子は知らないが、それでも豪華な式だったのだろうと想像はつく。

なにしろ控えめにしようと相談していたエステルとの式があれほど大きくなったのだ。

比較対象である初婚の盛大さが窺《うかが》い知《し》れる。

「あっ、あっ！　奥様……私は奥様の方がお美しいと思います……っ！」

勢い込んで声が大きくなったマヌエラの言葉に、エステルが驚きに目を見張る。

一国の王女よりも美しいだなんて、本気でそんなことを思っているわけではないが、エステルはマヌエラが気を利かせてくれたのが嬉しかった。

「ふふっ、ありがとう！　マヌエラはいいお嬢さんね」

「おっ、奥様〜！　本当ですから〜〜！　それに、旦那様は奥様との結婚をとてもお喜びです！　結婚が決まってすぐに屋敷の改装を大至急するよう、ご指示されました！」

「えっ」

再びエステルが目を見開く。目が乾いてしまいそうだ。

「さっき申し上げた通り、この別邸は由緒正しいだけあって、多少古いところもあったのです。でも、奥様をお迎えするにあたって、少しの不便もないようにと旦那様自ら職人を呼ばれて」

それで隅々まで整い、行き届いていると感じたのか。

エステルはきっと改装などしなくても別邸の素晴らしさに感嘆しただろう。

「でも、広すぎてまだ全部は完成していなくて。今年中に終わると言っていました！　あと、奥様のためにと家具を新調されて」

「家具？　もしかして部屋にあるもの……？」

それに対してマヌエラは重々しく頷く。

エステルは息が止まるほど驚いた。

夫婦の寝室、そしてエステルに宛《あて》がわれた部屋に置かれている家具は、名のある名工によって作られた最高級品だ。

それを目にしたエステルはさすが公爵家の別邸、国宝級の家具があるなんてと興奮したものだ。

どうしてわざわざそんなことをと首を捻《ひね》ったエステルの疑問に答えたのはボーナだった。

彼女は偶然通りがかったらしく、たくさんのリネンを積んだカートを押していた。

「坊ちゃま……いえ、旦那様が妻を喜ばせるためになんとか間に合わせるのだ！　と大変発奮されまして」

「……っ！」

意外過ぎる事実にどう対処したらいいかわからずに、エステルは低く唸る。

「そんな、そこまで……、ああ、どうしよう」

カレルに余計な出費をさせてしまっていたことにいまさらながらに気が付く。

契約結婚自体カレルの発案なのだから、そこは罪悪感を覚えずともいいのではという別人格が顔をのぞかせようとするのを、必死に抑え込む。しかし顔が緩んでしまうことも事実。

尊重されている気がしてエステルは嬉しかった。

（これ以上好きになってしまったら……困るわ！）

「それに、間に合わなかったものも順次届く予定になっておりますので、どうぞ楽しみになさっていてくださいませ」

「ええ……っ」

エステルの情けない声に、ボーナとマヌエルは控えめに笑った。

カレルが自分の知らないところでそんなに気を遣ってくれていたなんて、エステルは本当に驚いた。

エステルのなかで、カレルへの想いがどんどん膨らんでいくのがわかる。

（そんな、危険だわ……これ以上カレル様を好きになったらどうなってしまうかわからない）

これは契約結婚だ。

子供を何人か産んだらお役御免になる可能性も捨てきれない。

（でも、カレル様はわたしに『もっと好きになってもらわないと』って言っていたから）

多分エステルに好かれることは、カレルにとって禁忌ではないようだ。

――ならばこのまま育ててみようか。

エステルは全力でカレルを愛そうと決めた。


公爵家の若奥様に収まったエステルは時間の使い方に悩んでいた。忙しいには忙しいのだが、有能な使用人たちが雑用を綺麗に片付けてしまうためときどきぽっかりと空き時間ができてしまう。

休んでいればいいのだが、男爵家では自ら率先して動いていたため、身体が疼いてしまうのだ。

（ずっとこのままでは、将来が不安……！）

未来のことに想いを巡らせていたエステルが思いついたのは、菓子を作ることだ。

元々妹たちのために作っていたおやつ作りは好きだったし、作ったら楽しくて食べたら美味しいなんて最高である。

そう考え始めると婚約以来しばらく製菓から離れていたため、エステルはどうしても粉を混ぜたりバターを溶かしたりしたくて仕方がなくなった。厨房《ちゅうぼう》に行って交渉すると、料理人は勿論『はあ？』という顔をする。

貴族令嬢は自ら調理や製菓などしない。

それも公爵家に嫁いできた令嬢が、厨房を使いたいと言い出すとは思いもしなかったのだろう。

困惑した料理人の返答はカレルの許可があれば、というものだった。

「菓子？　いいよ」

料理人はカレルがエステルを嗜《たしな》めると思ったのだろうが、許可は驚くほど簡単にもたらされた。

「いいのですか？」

重ねて尋ねるエステルに、カレルは「もちろん」と微笑む。

「君はこの屋敷の女主人だ。許されないことなどない」

「ありがとうございます！」

カレルから信頼されていることが嬉しくて、エステルは両手を大きく広げて抱き付こうとした。

「あ、ごめんなさい！」

うっかり家族にするように抱きつこうとしてしまい、恥じ入りその手をしまう。

「……」

おかしな沈黙が書斎に満ちて、エステルは息苦しさを感じた。

(しまった、気を抜きすぎてしまったわ……！)

どう取り繕おうかと考えていると、カレルがおもむろに椅子から立ち上がり先ほどのエステルと同じように腕を広げる。

「うっ？」

「さあ、遠慮なく」

『私の胸に飛び込んでおいで！』とばかりにエステルに向かって両手を広げたカレルだったが、侍従のグイドに低い声で窘められた。

「……カレル様」

その声に我に返ることができたエステルは二歩ほど後ずさりする。

「いつまでも子供みたいなことしてすみません……あの、ご許可下さりありがとうございます！」

エステルは要らぬ恥をかいてしまったと顔を赤くしながら書斎を後にした。

「ふふ、私の妻は可愛いと思わないか、グイド」

笑顔のまま椅子に座り直したカレルに、グイドはため息で返事をした。

「私ごときがそのようなこと、お応えしかねます」

カレルの幻影を振り切るように、エステルは走った。途中誰にも会わなかったのは幸いだった。毎夜のようにまぐわい同じベッドで眠っているのに、カレルに抱きつくのが恥ずかしいのは、恐らくカレルへの気持ちが日々大きくなって更新され続けているからだ。

(こんな状態で澄まし顔でカレル様の妻です、なんて言えないわ！　もっと冷静にならなきゃ)


それからエステルは厨房が暇な時間帯を狙って、菓子を作った。

手始めに簡単なパウンドケーキを作ったのだが、これが驚くほどに美味しい。

「なんで？」

カットしたときに出た欠片《かけら》を食べ、しきりに首をかしげているとマヌエラが声を掛けてきたので味見として一切れ渡す。マヌエラはひと口食べ「美味しい！」と絶賛した。

「奥様すごいです！　イレネオが作ったみたいです！」

イレネオとは別邸の料理人である。

「さすがにそこまでではないわ。でも、ありがとう」

急に腕が上がったわけではあるまい。やり方が同じ以上、この差は恐らく材料だろう。特に別邸で使っているバターは香りが豊かで非常に滑らかだ。

これならば実力以上のものができるのも当然と、エステルは口角を上げた。

マヌエラの太鼓判をもらったため、エステルは少し気が大きくなる。

（少しカレル様にお持ちしようかしら……）

時刻を確認すると、ちょうど休憩を挟むころだ。

「あの、カレル様のお茶の支度をわたしがしてもいいかしら」

お茶には専門のメイドがいるが、エステルだって淑女の嗜みとしてお茶の心得はある。

エステルの考えがピンと来たのかマヌエラは一瞬笑みを浮かべたが、すぐに微妙な顔をした。

職分を侵すことになるのはよくないかと一瞬思ったが、マヌエラは再び笑顔になる。

「も、もちろんですわ！　旦那様もきっと喜ばれると思います！」

マヌエラの後押しもあり、エステルは弾むような気持ちでお茶の準備をした。

焼き菓子に合うように香り高い茶葉を用意したので、きっと相乗効果が望めるだろう。

そう思っていたのに、書斎にいるカレルとグイドは微妙な顔をする。

丁度さっきのマヌエラと似た表情だったので、エステルは不思議に思う。

「あの、奥様……」

グイドが先んじでなにかを告げようとしたが、カレルがそれを制する。

「エステルが持ってきてくれたのかい？　ありがとう。いい香りだね」

「はい、休憩なさってくださ い……それでは」

エステルはドキドキしながら書斎を後にした。カレルの笑顔に僅かに気遣いを感じたのだ。

（……もしかしてお茶を淹れたの、よくなかったかしら？）

しかしお茶会を催すこともある貴族だ。屋敷でお茶を淹れることがいけないわけでもない。自らも中庭で自作のパウンドケーキを食べていると、マヌエラがやってきた。

「あの、奥様……」

眉を下げて申し訳なさそうにするマヌエラを見て、エステルは微妙な表情の意味を知る。

「もしかして、カレル様にお菓子を持って行くのはよくなかったの？」

「すみません！　奥様が作ったものならばきっと喜んでくださると思ったのですが……」

マヌエラが思いっきり頭を下げた。彼女の話では、カレルは菓子類が嫌いなのだという。

絶対に手を付けないため、普段はカレルには菓子を供《きょう》さないことになっているのだ。

「え、でも以前ショコラを口にされたわ」

ティールームで手ずから食べさせるように請われたことを思い出し、エステルは顔を赤らめた。

「ショコラを？　それは驚きです！」

マヌエラの驚きぶりから、本当にカレルが菓子の類を口にしないことがわかった。

（カレル様とグイドさんのあの表情は……そういうことだったのね）

こんなに美味しくできたのに。

残念に思う気持ちはあるが、人の好みの問題である。無理強いするものでもない。

エステルは少しの寂しさをお茶と一緒に呑み干した。

「……処分しましょうか？」

グイドが気遣わしげに告げると、カレルは切れ長の目を吊り上げた。

「馬鹿なことを。エステルが持ってきてくれたものを捨てるわけがないだろう……あとで食べる」

お茶だけを口にしたカレルを、グイドは痛ましげに見つめる。

男性が菓子を好まない傾向にあるのは事実だが、カレルは特別だ。幼い頃のカレルは甘いものが大好きだった。おやつの時間には喜んで食べていたし、食後のデセールも好きだった。

しかし幼少期に付いていた家庭教師が『菓子を食べるなど軟弱な！』とカレルを厳しく叱る男だった。そのときすでに老齢と言っても過言ではなかった教師ゆえに、今にして思えば時代錯誤の一言で済まされるが、当時はそうではなかった。

教師のいうことは絶対。背けば鞭《むち》が飛んでくる。

自分が叱られ鞭で打たれるのは構わないが、鞭を受けるのは侍従として傍にいたグイドであった。

カレルは教師の意向に従うしかなく、本人が老齢を理由に職を辞するまでそれは続いた。期間にしたら数年のことであるが、その数年でカレルは菓子を二度と口にしないと決めたのだ。

（だからエステルに向かってショコラをくれという言葉がまろび出たのは……自分でも驚いたが）

ショコラを頬張《ほおば》るエステルが可愛らしくて、ショコラを摘まむ指が細く愛おしくて、つい食べさせてくれと言ってしまったことを思い出す。

久しぶりに甘いものを口にしたカレルはそれがショコラだから甘いのか、それともエステルが食べさせてくれたから甘いのかわからなくなった。

「無理なさらずとも……奥様にバレないように証拠隠滅もできますから」

事情を知っているグイドは気を遣ってカレルを労わるが、カレルは片眉を上げてパウンドケーキの載った皿を自らのすぐ横に避難させる。

「いい。グイドはこれに構うな」

「……承知しました」

カレルの頑なな態度に納得いかないように唇を歪めたグイドだったが、後にその皿が空になっているのを見て目を見開いた。

（本当に食べたのか……）


社交界に縁の薄かったエステルだったが、次期公爵の妻となったからにはそうはいかない。

社交活動をするべく、屋敷に届いた招待状を吟味していた。

「まずは小規模のお茶会から攻めていくか……」

エステルは招待状の中から、公爵家に縁が深くかつ男爵家出身であるエステルに好意的な貴族家の招待から受けることにした。

熟考の末に手土産として自分が作った焼き菓子と庭の花を持参して渡すと、驚くほど喜ばれた。

そこから話が弾み、次は是非我が家にと参加者に請われどんどんと交友が広がっていった。

エステルは低位貴族だったから、と卑屈な態度は決して取らなかった。

それは公爵家に嫁いだ者に相応《ふさわ》しくないからだ。

毅然《きぜん》と、そして優雅に。

ユーモアたっぷりなエステルの評判は上々で『公爵家の若奥様』は一躍時の人となった。

公爵家の身内になった途端に手のひらを返したように見えるかもしれないが、そうではない。

『たかが男爵家』という色眼鏡が外れ、本来のエステルの為人《ひととなり》が見えるようになったのだ。

そんなエステルをよく思わない勢力もある。公爵家の政敵、そしてカレルの有能さを妬む輩《やから》だ。

彼らはカレルを陥れるためにエステルを攻撃する。

隙を見せたら最後、どこまでもつつき回すつもりだろう。

「まあ。次期公爵家夫人ともあろうお方が、使用人の真似事《まねごと》など恥ずかしくはありませんの？」

派手な羽根飾りのついた扇を手にした美人――クレマン侯爵令嬢ベリンダが上品に笑う。

しかし視線はとてもではないが上品と言えない。奥の方に挑戦的な光が宿っている。

エステルは目を細め笑みを深めた。

丁度土産として定着している花と焼き菓子のバスケットを主催の伯爵夫人へ手渡したところだったので、夫人が恐縮してしまったのだ。

「使用人の真似事、とはいったいどういうことでしょう」

菓子作りのことだと承知していたエステルは、笑顔で伯爵夫人にバスケットを渡し、声の主に向き直った。

（クレマン侯爵家は、昔からヴァルヴィオ公爵家とは対立しているのよね……）

貴族たるもの、表立って諍いを起こしたりはしない。その分こうして政治と離れた女性だけのお茶会にしわ寄せが来るのは、ままあることだった。

「今はヴァルヴィオ公爵家の夫人かもしれませんけれど、元は男爵家。高位貴族のなんたるかをご存知ないと見えますわね」

おほほ、と笑うベリンダの周囲の参加者は気まずそうに視線を泳がせている。

どうやらベリンダの味方ではないが、敵でもないようだ。

（ならば、受けて立とうじゃないの……！）

エステルはにっこりと微笑む。ここ一番のときに使う、とっておきの笑顔だ。

「！」

ベリンダがわずかに怯んだのがわかったエステルは、ここぞとばかりに畳みかける。

「ではベリンダ様はこの菓子の材料がわかりますか？」

「材料……？　なにを言いたいの？」

予想外の方向から質問されて戸惑っているようだ。

「これは小麦、卵、砂糖、そしてバターとバニラオイル、蜂蜜が主な材料です。バターはベークマン国の南アシェル地方のものを使いました。彼の国とは先日輸出入の条約を結びましたがご存じ？」

「じょ、条約？」

ベリンダの勝気な瞳が揺れた。知らないのだろう。

顔色が悪くなっていくのが可哀《かわい》そうだと思っていると、ベリンダの隣の席の夫人が答える。

「陶器とそれに使う釉薬《ゆうやく》ですね」

「そうです。他のどの陶器よりも真っ白で美しい陶器はその絵付け技術も相まって、食材をより際立たせるので華やかな席には欠かせません。故にベークマン陶器は人気ですよね。しかしそれによって国内の陶器需要が落ち込んでしまってはよろしくない。だから流通するベークマン陶器の量を調整するために関税をかけ……」

「ちょっと、だからなんだっていうのよ⁉」

話が意図と違う方向に飛んでしまったことに憤慨したベリンダが声を上げると、周囲の参加者が『あぁ……』という顔をした。他の参加者はわかっているようだった。

エステルは真面目な顔をしてベリンダを正面から見据える。

「わたしが手作りの菓子を持参するのは、話題の提供のためです。料理人でもないたかが素人が作った菓子を厚顔にも褒めてほしいからではなく、貿易や外交の話のきっかけになればと」

エステルがこれまで参加したお茶会では実際にそういう流れになっていた。

舌が肥えた参加者は、すぐに使われているバターがベークマン国南アシェル地方産のものだと気付き、さりげなく話題の舵《かじ》を切る。

もちろんその場に高級品のベークマン陶器も使用されていることは調査済み。そこから陶器の絵付けに話を振るのも、最近台頭してきた農業王国の小麦の話にシフトするのも自由自在。

社交をしていれば話題が被ったりマンネリになったりすることも多々ある。

それゆえエステルが持ち込む新しい切り口の話題は各所で歓迎された。

ただお茶を呑んで笑っているだけではない、情報のやり取りは淑女に新たな楽しみを齎《もたら》したのだ。

だが、表立って『エステルがそういう話のネタを持ち込む』ことは敢《あ》えて誰も口にしない。

腕試しの場でもあるし、情報のやり取りは時に金貨よりも価値がある。

それを知らずにただ安っぽい素人の菓子、などとごく浅い考えしかしなかったベリンダが白い目で見られることは必至。ようやくベリンダも旗色が悪いことを感じたらしく、顔色を悪くしている。

「あ、……」

エステルは若く可愛らしいベリンダが少し可哀そうになった。恐らく政治的に反目しているヴァルヴィオ公爵家の嫁をへこませてやろうと息巻いていただけなのだろう。

(でも、主催である伯爵夫人のメンツを潰すようなことをしては駄目よね)

ベリンダも、そしてエステルであっても。

「ですがわたしも調子に乗っていたのは否めません。皆様がわたしの話を優しく聞いてくださるからつい嬉しくて……申し訳ございません」

眉を顰めて頬に手を当てる。そうすると凛々《りり》しい表情が儚《はかな》い印象にがらりと変わり、参加者は一様に眉を下げた。エステルに同情の気持ちが湧いたのだろう。

「そんなことありませんわ。エステル様がお持ちくださるお菓子はとても美味ですし、難しい話抜きで楽しみにしていましたのよ」

主催の伯爵夫人がエステル持参のクッキーをひとつ摘まむとサクサクと食べる。

「う〜ん、やっぱり美味しいわ！　きっとヴァルヴィオ様も喜んで召し上がることでしょう」

それが呼び水となってみんながクッキーに手を伸ばす。

先ほどまでに微妙に緊張した空気が薄まると、誰かが「そんなことより！」と発言する。

「ヴァルヴィオ様とは普段どんなお話をなさるのですか？」

誰もが興味津々の様子でエステルを見つめる。

美しく有能で、誰にでも優しいが一線は誰にも越えさせない孤高の次期公爵の話を聞きたくてしょうがないのだろう。

オルガ王女と結婚したとき、カレルはもう絶対に手が届かない存在まで押し上げられていた。

だが対外的にオルガ王女と死別し男爵令嬢のエステルと再婚したことで、いい意味でも悪い意味でも手が届くかもしれない存在になったということか。

（なんだかそれも複雑……）

それでも新妻らしくはにかんで当たり障りのないエピソードを披露すると大変盛り上がったが、その陰でベリンダが居心地悪そうに着席した。それを見たエステルは内心ため息をつく。

（ヴァルヴィオ公爵家のこともわたしのことも気に入らなかったようだけれど、わたしだって降りかかる火の粉をそのまま浴びるほどお人よしではないので……）

時折刺さるベリンダの悔しそうな視線を感じながら、エステルはにこやかにお茶会を過ごした。

その後もエステルへの招待状が日々大量に届く。

クレマン侯爵家のように敵対する貴族はあれど、ヴァルヴィオ公爵家の力とカレルの魅力、そして口が達者なエステルに楯突《たてつ》いても利は少ないと感じることの方が多いというのが総評なのだろう。

舐められたら終わり、という貴族社会ではひとまず安心の位置にいることに安堵したエステルだが、それをよく思わない者もいた。

「我が妻は人気者だな」

執事が持参するトレイの上に積み上がった招待状を見て、カレルが陰鬱な声を漏らした。

「みなさんは、わたしのような者がカレル様の妻の座に納まっているのが気になるのですわ」

茶化《ちゃか》しつつエステルは冷や汗をかく。

カレルはエステルが熱心に社交活動をすることをあまり喜んでいないような節がある。

夜のリラックスタイムや朝食の際に決まった予定を共有するのだが、あまりいい顔をしない。

せっかくの休日をカレルとまったりしているところなのに、緊張感が漂った。

「あの、もしわたしがあまり頻繁に社交活動するのがよくないのであれば控えます」

エステルは一所懸命やっているつもりだったが、カレルにしてみれば余計な行動かもしれない。いろんな人と交流を持つのは楽しいが、カレルのためにならないなら控えるべきだろう。

「いや、社交活動がよくないわけではない……ただ」

カレルは珍しく言《い》い淀《よど》む。頭の回転が速いカレルにしては珍しいことだ。

「ただ……？」

エステルが小首を傾げて続きを促すと、カレルは観念したように口を開く。

「ただ……エステルと過ごす時間が少なくなっている気がする。新婚だというのに」

正面から見つめられて、エステルは心臓が高鳴るのを感じ、慌てて目を伏せた。

（ど、どうしてこんなに率直に言うのかしら？）

カレルの言葉は『エステルともっと一緒に居たい』と言っているように聞こえる。誇大解釈だと言い聞かせるが、よくよく考えてみても間違いないような気がする。

（カレル様……？）

胸の高鳴りが大きくなったエステルが上目遣いにカレルを見ると、正面から目が合った。

「エステル、隣に座ってもいいかな」

「は、はい……っ」

エステルはソファの端に寄りカレルのための場所をあけた。しかしカレルはエステルのすぐ隣に腰を下ろし、腰に手をまわした。

「ひゃっ⁉」

「ほら……やっぱり。まだ私に慣れていないじゃないか」

カレルが大きなため息をつく。

「そんなことはありません！　今は急に触れられたから……っ」

そう抗議するエステルの顎を捉えたカレルは唇に触れるだけのキスをした。

「っ！」

「身構えているね。でもこれくらいは挨拶の範疇《はんちゅう》だよ？」

親指でエステルの唇に触れ、その感触を楽しみながら腰に回した手を卑猥《ひわい》に動かす。

それはベッドの中での行為を容易に連想させ、エステルの体温を上げた。

「こ、これは……っ、挨拶とは……」

挨拶とは呼べない、ごく親密な距離だと反論したが、声に力が入らず説得力に欠ける。

「夫婦ならば普通だと思うがね……」

「ここはベッドではありません……っ」

夜も更けて、寝室ならばエステルだって覚悟が出来ている。しかし今は昼間で寝室でもない……！

エステルは控えているグイドに助けを求めようとしたが、彼がいた場所に人影はない。

「グイドならさっき出ていったよ。ちゃんと場を見極めるように言ってあるから」

「えええええ……っ」

へにょりと眉を下げたエステルの額に口付けされた。

（これはもしや、覚悟を決めないといけないのですか……？）

薄暗い寝室でならなんとか我慢できるが、このように隅々まで見えてしまう日中にいちゃつくなど……果たして自分は耐えられるだろうか。

エステルは必死に自分の気持ちと折り合いを付けようとするが、カレルはエステルの肩を抱いてソファの背凭れに身体を預けた。

つられてエステルも背凭れに倒れ込むような形になる。

「わっ」

「私の仕事は急に呼び出されることもあり」

突然カレルが語り始める。離してくれとも言えず、エステルはそのままの体勢で聞く。

「呼ばれる用件は大体が面倒ごとで」

そうだろう。他の人間で解決できないことが発生するとカレルが呼ばれるのだ。

「まあ、私が顔を出すだけで八割がた解決することもあるのだが」

それもわかる。いきり立つ相手も、カレルを見ただけで戦意を喪失するに違いない。

「行くだけで気力が削がれることがほとんどだ」

「……お察しいたします」

激しく同意。

エステルは責任あるカレルの立場を改めて考える。

現在でも宰相補佐として働いているのに、今後は公爵を継ぎそして宰相の座も担うのだ。

想像を絶する責任の重さ、そして多忙を極めるだろう。

「まあ幸いにして領地に関しては家令や管理者がしっかりしているから、すべて自分でやることを考えたら余裕があるだろうが」

「そんな……十分お忙しいです」

結婚したときに七日間の休暇を取ったが、結局休めたのは三日間のみ。

あとはなんやかんやと仕事が舞い込み、うやむやのまま休暇は終わってしまっていた。

「そう、私は忙しい。だから休めるときには全力で休みたいし、全力で癒《いや》されたい」

なるほど？

エステルは疑問に思う。この話の発端はなんだっただろう。

話がころころと変わり、なんの話をしていたのか忘れそうになる。

（あ、そうだ。一緒の時間が少ないと言われたような）

確かにヘルレヴィ家の夫婦と比べたら、自分たちは一緒にいる時間が短い。

しかし男爵家と公爵家を比べるのも烏滸《おこ》がましいような……。

エステルが首を捻るとカレルが同じように首を傾げて寄りかかってきた。

「カ、カレル様？」

まるで猫のように頭を擦り付ける様子は甘えているようにも見えて、エステルは混乱した。

（え？　どういうこと？　わたしもしかして夢を見ているのかしら？）

あまりにも役得過ぎる状況に己の正気が信じられない。

しかし肩に感じるカレルの体温と香りは寝室でいつも感じているものと同じだ。

「もっと仲良くしよう。寝室以外でも私とも時間を共有してくれないか」

「ひゃ、ひゃい……っ」

これ以上甘えられては身が持たない。

エステルは早々に白旗を上げたが、残念ながら解放はされなかった。

「カ、カレル様!?」

「しぃ……。あまり大きな声を出すと誰かが様子を見に来てしまうから……」

そう言って圧《の》し掛かってくるカレルを、エステルは混乱の中で受け入れるのだった。

4. 遅い恋とはままならぬもの

契約結婚とは言うものの、カレルはエステルを大事にした。それは対外的な扱いだけではなく屋敷の中でも顕著で、使用人たちも主人の態度を見てエステルへの忠誠を深めているようだった。

エステルもカレルへの想いをより深めている。

大切にされていることを日々実感し、且つ甘えられるとエステルの中の乙女心がキュンキュンしてしまうのだ。

結婚から半年ほど経つとすっかり普通の夫婦らしく振る舞うようになってきた。

散々激しくまぐわった翌朝、泥の中から引き上げられるように目を覚ましたエステルは、肘枕でエステルの髪を梳《す》くカレルと目が合った。

「おはよう、エステル」

「……おはようございます」

慣れたとはいえ、寝起きに見るカレルの美貌は心臓に悪い。

少し乱れた髪に陽光が当たって神々しさが増している。

アイスブルーの瞳が細められると、それだけでエステルは満ち足りた気持ちになってしまう。

身体を起こすものの、寝起きでまだ完全に目が開いていないエステルにはカレルは眩《まぶ》しすぎた。

というか実際に眩しい。

カーテンが開いているということは、一度カレルが起きたかメイドが開けに来てくれたのだろう。

「あ、カレル様……綺麗……」

「ふふ、寝惚《ねぼ》けているの？　エステルの方が綺麗だよ。まるで美の女神のようだ」

蕩けるような声音にハッと我に返ってシーツで身体を隠す。

昨夜は限界まで抱き潰されて着地点を覚えていない。

エステルはなにも身につけずに眠っていた。

前はカレルが清拭《せいしき》して夜着を着せてくれていたが、やめてほしいとエステルが頼んだのだ。

ベタベタして気持ち悪いが、意識がないときに身体中をくまなく見られてしまうのは、いくら夫とはいえ抵抗があった。

いつかカレルに対して自分がしてあげて意趣返しをしてやろうと思っているのだが、体力の差なのかそれは未だ叶わない。

経験値の差なのか、身体を重ねたあとはどうしても寝過ごしてしまうエステルは臍《ほぞ》を噛む思いだ。

「もう、そんなことを言って」

恥ずかしさを誤魔化すように髪を掻き上げるとガウンを身につけて呼び鈴を手に取る。

マヌエラに風呂の準備をしてもらおうと思ったのだ。

だがカレルが手を伸ばしてエステルのそれを制止する。

「待って。もう少し二人でごろごろしたい」

「でも、気持ち悪いでしょう？」

昨晩もベッドに入る前に湯を使ったが、そのあと激しくまぐわったため、汗や体液で汚れている。

「そんなことはない。エステルと同じもので汚れているなら、汚れていないも一緒だ」

そう思ってくれるのは嬉しいが、正直汚れは汚れだ。

そんな身体のまま美しいカレルと肌を触れ合わせるのは申し訳ない。

「う～ん……では、一緒にお風呂に入るならいい？」

「全然良くないですが⁉」

カレルの思いもよらない提案に、エステルの声が思わず大きくなる。

あまりに早い拒絶にカレルが眉を下げる。

「そんな考えもせず反射で断るなんて、傷ついてしまうよ」

「う、あう……っ」

麗しいカレルの顔が悲しげに沈んでいくのを目の当たりにしたエステルだったが、『じゃあ、一緒に入りましょう』と言うことはできなかった。

「お風呂はリラックスするところです……」

少なくともエステルはそうだ。古《いにしえ》の人たちも命の洗濯と言っているはないか。

「おや、エステルは私と一緒だとリラックスできないというのかな」

「うっ、うぐ……っ」

痛いところを突かれた。

確かにエステルはカレルと一緒だと気を張ってしまい、リラックスできない。

しかし本人を前に、そんなことを言えるほど薄情な人間でもない。

「エステル？」

美しい顔で小首を傾げるカレルはわかっていて聞いているのだ。

なんとかして一緒に入浴するのを回避したいが、エステルはなんと言えばいいのかわからない。言葉に詰まった挙句、苦し紛れの妥協案を口にする。

「か、髪を洗って差し上げます……っ」

反対されるかと思ったが、カレルは「ああ、いいね」と笑みを浮かべる。

「じゃあお願いしようかな。先に入っているから、呼んだら来てくれ」

喜色を浮かべたカレルはエステルから呼び鈴を受け取って鳴らすとボーナがやってきた。

「風呂の準備を頼む」

「すぐにお入りいただけます」

優秀なボーナは二人が起きるであろう時間をピタリと予知し、風呂の準備を済ませていた。

さすがボーナと機嫌良さそうにカレルが浴室に行くのを見送ったエステルは、短い時間で心の準備を整えなければいけなくなった。

男性の支度は早い。エステルがあれこれ段取りを考えていると、もう声がかかった。

「エステル、おいで」

「は、はい。ただいま参ります！」

わざと元気よく返事をすることで、エステルはいやらしい雰囲気を吹き飛ばした——が。

（……考えが甘かった！）

浴室に入ったエステルはすぐさま自分の考えの浅さを理解して打ちのめされた。

楕円状《だえんじょう》の白い浴槽の縁に背を預けたカレルは髪を後ろへ流して仰《の》け反《ぞ》るようにしてエステルを見ている。

そのけだるげな表情は色気たっぷりで、気を付けていないと足元が疎かになりそうだった。

「あれ、エステル、ガウンを着ているの？」

「格好についてはなにも言われていませんから」

エステルは平静を装って機械的にカレルの髪を洗っていく。

繊細なカレルの銀髪は濡れるとさらに細く脆《もろ》いイメージで、エステルは絡まってしまわないように細心の注意を払う。

途中泡が顔に掛かったりしないよう、タオルで拭いながらなんとか粗相なく洗い終えるとエステルから安堵の息が漏れた。

「ふう。できました！」

「ありがとう。とても気持ち良かった」

ではと素早く立ち去ろうとすると、エステルの腰ががしっと掴まれ身動きを封じられてしまう。

「は？　え？　きゃあぁ！」

動揺するエステルを、カレルはその顔に似合わぬ膂力《りょりょく》でもって浴槽の中に引きずり込んだ。

「ははは、油断したね？」

「ゆ、油断じゃないです！　あぁ、もう！」

エステルはガウンを着たままカレルの股座《またぐら》にすっぽりと納められ、逃げられないように腹の前を両腕でしっかりと押さえられる。

湯を吸ったガウンは重くエステルにまとわりつき、動きを制限されてしまう。

「ふふ、もう諦めて一緒にリラックスしよう」

後ろからスリスリと頬ずりされて、エステルは唇を尖らせる。

結局はカレルの思い通りになってしまった。

納得できないところもあるが、これは夫婦のコミュニケーションの一環だと思うことにする。

（偶然の産物だけれど、ガウンを着ていればそんなに恥ずかしくはな、い……っ）

カレルの言う通りこの状態でなら一緒に入浴するのもやぶさかではないと思ったエステルは、尻に当たる硬いものの気配に息を呑む。

ちゃぷちゃぷと浴槽の湯が波立っているのは、カレルが動いているからだ。

「ちょっと、カレル様……っ、駄目ですって」

「どうして？　いつもベッドでしていることじゃないか」

（そうだけど……、そうだけど！）

うまい言葉が見つからず言い淀んでいる間も、カレルの妖艶な腰つきはエステルの尻たぶを刺激し続けている。

「あ、やぁ……っ」

簡単にガウンの裾が捲《めく》られて露出した素肌に、熱く猛《たけ》る雄芯が押し付けられた。

何度も交わってよく知ったそれは、血管の位置すらわかるほどにエステルに馴染む。

「いやじゃないだろう？　これはいつも君が気持ちよくなれるようにしているじゃないか」

カレルの言葉に身体は昨夜の熾火《おきび》が熱を生み、エステルはじわりと蜜が染み出すのを感じた。

「駄目、お湯が……」

駄目とは言ったものの身体のほうはどんどん熟れて、カレルを受け入れる準備が整ってしまう。皮膚を撫でる湯の波にさえ肌が粟立《あわだ》つようだ。

「縁に手をついて」

エステルを立ち上がらせたカレルの声が熱を帯びている。

彼もうすっかりその気なのだろう。

エステルの胸は痛いほどに高鳴っている。

言われるままに縁に手をついて強く握ると、カレルが後ろから尻肉を掴み、指で秘所を拓く。

「いや、なにを……っ」

「静かに。ああ、中が昨夜よりも熱いのではないか？」

あらぬところをじっくりと見られている気配に、エステルは全身を戦慄かせる。

これまでにないほど羞恥を煽られ、涙が滲む。

「あ、あぁ……っ」

恥ずかしいのに、それを凌駕《りょうが》するほどに感じている。

つと、と秘所から太ももへ淫蜜が垂れた。

エステルが「あ、」と思った瞬間、指よりも繊細で熱く滑るものがそれを舐めとる。ぞわ、と得も言われぬ感覚が皮膚を走った。

カレルの舌はそのまま蜜を辿《たど》り、快感にひくつくあわいを味わう。

「ひ、あ……っ！　カレ、ル……っ」

支えられていなければきっと座り込んでしまっただろう。それほどの快感がエステルを襲った。

訳がわからずにいやいやと涙声で繰り返すが、身体は貪欲に『その先』を求めている。

「ああ、なんて淫らで美しい……。エステル、後ろから愛してあげるからね」

そう言うとカレルは立ち上がり、エステルを奥まで貫いた。

「や、あ、……あぁっ！」

ビリビリと衝撃が脳天まで一気に達したのがわかる。

なおもカレルは腰を振るう。乱暴ではないが逃がさないという強い意志を感じ、エステルの蜜洞はこれまでにないほどの興奮を得た。

湯が波立つのとは違うぽたぽたという音が聞こえ、優しく抽送されるたびに淫水が零《こぼ》れてしまう。

だが、それを気にすることもできないほどにカレルが齎《もたら》す行為に耽溺《たんでき》している。

「ふ、ぁあ……っ、はぁう……っ」

ひっきりなしに喘ぎが漏れ、額の裏で火花が散る。もう駄目だ限界だと繰り返し思うのにやめてほしくなくて、思考までカレルの雄茎に掻《か》き回《まわ》されているようだ。

「エステル、ああ……、好きだっ」

カレルの息が乱れているのがひどく嬉しい。自分と同じようにこの行為に溺れている事実が、胸が詰まるほど愛しく感じられた。

「好き、好きです……っ、カレル……！　あ、ひ、ああ……っ！」

背後から穿たれ揺すられ、最奥を突かれたエステルは全身をしならせて達する。僅かに遅れて蜜洞で締め付けられたカレルが、エステルの中で吐精を果たした。


「デートをしよう」

爛《ただ》れた入浴をした日の晩餐《ばんさん》、カレルが急にそう言いだしたので、エステル及び給仕をしていたマヌエラたちも息を詰める。

次にカレルがなにを言うのかと耳をそばだてている気配を感じたエステルが、努めて自然な雰囲気で尋ねた。

「なにか、ご入用でした？」

買い物があるのでしょう？　と話を逸《そ》らそうとするが、カレルは片眉を上げる。

「いや、エステルとふたりで出掛けて愛を深めようと思って」

「……っ」

(ず、ずいぶんとストレートじゃないですか……)

困惑しながらも嬉しさを隠せないエステルは、頬が緩まないように押さえながら咳払いをした。

「こほん。カレル様が誘ってくださるなら喜んで」

曇りない笑顔を返すと、カレルも満足そうな笑みを浮かべる。

冗談を交えつつ随分と気安く対応できるようになってきたと自負するエステルだが、カレルの本心まで理解するには程遠い。食堂から寝室に移動しながらそれとなく探りを入れる。

(いや、ただ一緒に出掛けてほしいというお誘いなら嬉しいんだけど！)

わざわざ使用人のいるところで誘われたことに、なにか意味があるのではないかと勘繰る。

晩餐の後で真意を確かめようとエステルは気を引き締めた。

「いや、エステル相手に裏の意味とかあるわけないだろう。言葉のままだよ」

ベッドのヘッドボードに背を預けたカレルが訝しげに唇を尖らせる。

そんなすこし子供っぽい仕草をするカレルを目にすることも増えてきたように思う。

「それともなに？　エステルはわたしがよからぬことを君にしようとして誘ったと思ったのかい？」

カレルの言葉に険《けん》を感じ取って、エステルが顔の前で慌てて両手を振る。

「いいえいいいえ、違います！　だって、デートだなんて言われたことなかったから……」

本当は裏事情を疑ったが、あんな顔をされてはその通りだとも言えない。

エステルは背中に冷や汗をかきながら笑う。

「社交ばかりではなく、私にも構ってほしいからね」

時間を作ったんだ、と胸を張るカレルはどこか得意げである。微笑ましさを感じたエステルがくすりと笑い『そういうことならば』とデートの申し込みを受けることにした。

翌日、カレルはエステルを伴って街へ出た。

エステルが古いものが好きだということを知って博物館に連れてきてくれたのだ。

薄暗い館内でエステルをエスコートするカレルは、展示物の解説までもこなした。カレルの既知らしい職員（恐らく館長かそれに次ぐ管理者）に同行を申し出られてもスマートに断っていた。

「妻と二人で回りたいので」

なんて明け透けな断り文句だろうと内心照れたが、それを表に出すほどエステルも初心《うぶ》ではない。

しっかりと「うふふ」と意味ありげに笑ってみせると、職員はポッと頬を染めて引き下がった。

「エステル……、みだりに私の知り合いを籠絡《ろうらく》しようとしないでくれ」

周囲に聞こえないように唇を寄せて囁くカレルに、エステルは遺憾の意をもって眉を顰める。

「まあ、カレル様ったら冗談ばっかりなんだから」

どこで誰が聞いているかわからない。

エステルは新婚らしく見えるように朗らかに笑い、カレルの腕に凭れた。

「……冗談じゃないんだけどなあ」

展示に夢中になっているエステルに、カレルのぼやきは聞こえないようだ。

カレルは案内を断るだけあって、展示物にとても詳しかった。

「他国に留学するのに、自国のことを知らなくては話にならないからね」

当然のことのように言うが、もちろんそれは簡単なことではない。

歴史や地理、宗教や思想。時に辺境の文化まで事細かに網羅していなくては外交を担うことはできない。自国のことも知らない相手に、胸襟《きょうきん》を開いてくれる国は少ないだろう。

（この人はそれを当然のようにやってのけている……本当にすごい人だわ）

エステルは改めてカレルを尊敬のまなざしで見つめる。

カレルの妻であれること、隣にいられることがとても誇らしく、エステルは頬を紅潮させ鼻息を荒くした。

解説付きで細かくじっくりと回って満足したエステルは、カレルの提案で博物館に併設されているレストランで軽く食事をすることにした。

レストランの中にも貴重なアイテムがそれとなく展示されており、待つ時間も楽しめた。

「どこもかしこも本当に素敵。連れて来てくださってありがとうございます」

「喜んでもらえたならよかった。これからはもっと時間を作るから、いろんなところへいっしょに行こう」

そう言って微笑むカレルの視線が僅かにエステルから逸れ、アイスブルーの瞳が細められた。

どうしたのかと思っていると、自己主張が強めの靴音と共に背後から声が掛けられる。

「やあ、これはこれは。ヴァルヴィオ殿ではないですか」

「どうも、クレマン侯爵」

僅かにカレルの口角が歪んで、すぐに笑顔になった。

ほんの少しの表情の揺らぎを感じ取ったエステルは、顔には出さずに得意げになる。

(カレル様はクレマン侯爵のことをあまりよく思っていないようね。それにしても夫の気持ちの変化にすぐ気が付くなんて夫婦っぽいわ！　それにクレマン侯爵ってことは、ベリンダ様の父親よね)

先日のお茶会でエステルに食ってかかってきた勝気な令嬢を思い出す。

クレマン侯爵は横目でチラリとエステルを見るが、特に挨拶などはせずにどこか軽薄な視線をカレルに向けた。

「まさかこんなところでお会いするとは。カビの生えたようなものばかりをありがたがるようなところでは、最高のサービスを受けることはできませんよ？」

周囲に同意を得るように朗々と声を張るクレマン侯爵の言葉に、レストランの中の空気が強張る。

（いいえ、違うわ。これは軽薄なんじゃなくて、カレル様を軽んじているのだわ）

優雅な時間が流れているレストランを、ただ古いと言うだけで不足があるような物の言い方をする人間をこそ、エステルは軽蔑する。

エステルは眉をピクリと跳ね上げると、上品な仕草でカップを傾けた。

ヴァルヴィオ公爵家の方が格上なので、失礼な輩にわざわざこちらから挨拶してやる義理はないですよね、とチラリと視線を上げるとカップ越しにカレルと目が合った。

彼は小さく頷く。これは恐らく侯爵への対応は任せろということだろう。

エステルは安心してカップをソーサーに戻した。

「この博物館は我が国で最初に創設されたもので、ヴァルヴィオ公爵家も大いにかかわっている。有意義な展示もされているし、このレストランも王宮に負けないほどの料理人が担当しているが」

そこで言葉を切ったカレルはクレマン侯爵を頭の先からつま先まで見る。

「……賢明な国民の中に、その素晴らしさを理解できぬ者がいるのは残念だ。金さえかければいいものだと考えている下品な輩には、さすがにここの権威は及ばぬ」

微笑みに乗せてさらりと嫌味を利かせると、聞き耳を立てていたらしいそこかしこから空気の漏れるような音が聞こえる。

「……っ」

人を思いやることに関しては鈍感なのに、嫌味には敏感らしいクレマン侯爵は口角を上げながら奥歯を食いしばったように見えた。

「……っ、それにしてもヴァルヴィオ殿も罪なことをなさる。オルガ王女とはドルリューにお出掛けだったというのに、新しい夫人はこんなところで簡単に食事を済ませるなんて」

クレマン侯爵は攻め方を変えた。

ドルリューとは王族もお忍びで来るという高級レストランである。

並み以下の貴族は入ることもままならぬというから、ずいぶんと気取った店だ。

レストランとは美味しいものを提供する場所である。

食べ物が美味しく雰囲気が素敵なら、王族御用達とか平民が来る店とかは特にこだわりのないエステルだったが、さすがにクレマン侯爵の言い方は失礼で悪意を感じる。

（オルガ王女様を満足させるにはドルリューが最適だったでしょうし、わたしと王女様を並べて考えることが既にナンセンスだわ）

不愉快、と顔に描いて出しておくとカレルが更に上の不愉快さを纏って侯爵を睨《にら》みつけた。

「さっきから聞いていれば、クレマン侯爵はいったいなにが言いたいのだ？　亡きオルガ王女を引き合いに出して、私の妻への気持ちが軽いとでも言いたいのかな？」

エステルは驚きに目を見張る。こんなに怒りを露わにするカレルを見たことがなかったからだ。

（カレル様はもしかして侯爵がとてもお嫌い？　それともオルガ王女を話題にされたから……？）

肖像画でしか見たことはないが、オルガ王女はとても美しかった。

さすが一国の王女だと誰もが思うだろう。

そんな人と一時でも結婚していたのなら、カレルも情が湧いたに違いない。

（わたしが少しでもカレル様をお慰めできていることを願うわ……）

「いいえ、そんなことは。ただ言えるのは、ヴリルテア王国の王女と男爵令嬢など……比べるのも烏滸がましい……」

侯爵はちらりとエステルを見ると鼻で笑った。

その視線がしっかりと胸元へ注がれたのを見て、エステルは『俗物ね』と切って捨てる。

こんな輩を相手にするなんて時間の無駄以外の何物でもない。

そうですよね！　とカレルに目を向けたエステルは思わず声を上げそうになった。

カレルはまるで視線で侯爵を射殺《いころ》しそうな物騒な顔をしていたのだ。

「クレマン、貴様、今なんと言った……？」

地獄の底を引っかくような声音でカレルが侯爵の名を呼んだのを聞いて、エステルは拙《まず》いと思って立ち上がる。

「まったく、これだから無粋な殿方は困りますわ！」

カレルの様子からしてこのままでは人死にが出る、と感じたエステルは不機嫌さを前面に出して声を張り上げた。

カレルが危ない目に遭うくらいなら、自分が嫌な女を演じて場をやり過ごそうと考えたのだ。

「せっかく夫とデートをしていてこんなふうに邪魔されるなんて、ありえません！　ここはわたくしが来たくて夫にお願いして連れて来てもらったのです！　展示も素晴らしくスタッフの知識も案内も行き届いていて、レストランだって申し分ないお味です。きっと王宮にも劣りませんわ！」

ねえ、皆様？　と見回すと気圧《けお》されたように数人がコクコクと首を上下させる。

「な……！　王宮とこんなところを同列にするなどと、不敬も甚だしい！　それにたかが男爵家上がりの女になにがわかるというのか……っ！」

なおもエステルとカレルを貶めようとする侯爵に、エステルは流れるような仕草で扇を取り出し突き付ける。

「考え違いをなさっているようですが、愛する夫がこのわたくしをデートに誘ってくれたのですよ⁉　場所がどこだろうと、なにを食べようと最高の気分に決まっているじゃありませんか！　格上とか格下とか、そんなに大事なことですの？　気分が悪いですわ！」

エステルの言葉に周囲の女性たちが力強く頷いた。

それはエステルの偽らざる気持ちだったが、思いのほか余人の心を打ったようだ。

場の空気はクレマン侯爵により厳しくなる。

「うっ……」

たじろいだ様子の侯爵に追い打ちが掛けられる。料理長が挨拶にやってきたのだ。

「ヴァルヴィオ様、奥様。ようこそお越しくださいました」

「やあ、料理長」

にこやかに談笑するカレルと料理長は顔見知りのようだ。

（そういえばヴァルヴィオ公爵家もかかわっているとか言っていたものね……）

味方が増えたと思ってクレマン侯爵を見ると、彼は顔を青褪《あおざ》めさせている。

「な、どうして……」

侯爵は料理長を見てひどく驚いた様子だ。

急にどうしたのだと思って静観していたエステルだったが、すぐに種明かしとなった。

「ああ、もしかして侯爵は王宮の料理長を務めた彼がここにいることを知らなかったのかな？」

カレルが酷《ひど》く楽しそうに微笑む。

それはクレマン侯爵とは真逆の愉悦にも似た表情だ。

エステルは知らなかったが、博物館の料理長は以前王宮で料理長をしていた人物らしい。

若人に道を譲る形で惜しまれつつ、王宮を辞した後に博物館で腕を振るっているとのことだ。

（カレル様ったら、お人が悪い）

つまりクレマン侯爵が散々下げた博物館のレストランは、王宮の料理と同等かそれ以上ということになるだろう。侯爵の顔色がみるみる変わっていく。

とはいえ、エステルがどうかしてあげるような立場でもないし、そんな気分でもない。

少しはバツの悪い思いをして反省したらいいのにと思う。

「くっ」

居た堪れなくなったのか、クレマン侯爵は踵を返して立ち去った。

カツカツといら立ちを隠せない靴音が少し不愉快に耳に残った。

侯爵の姿が見えなくなると、カレルは柔らかだがよく通る声で客を見回して言った。

「紳士淑女の皆さん、素敵な時間を騒がしいものにしてすみませんでした。料理長、騒がせてしまって申し訳ない」

「いいえ、とんでもございません。ヴァルヴィオ様は美しい奥様と食事に来てくださっただけです」

微笑む料理長からあたたかな人柄が感じられて、エステルは自然と頬が緩む。

どうやらクレマン侯爵の件で少し顔が強張っていたようだ。

「とても美味しい食事でした。ありがとうございます」

「お口に合ったのなら幸いです。それにヴァルヴィオ様とも、とても仲睦まじい様子で。勝手に微笑ましく拝見しておりました」

人好きのする笑顔の料理長は、人の心を掴むのも上手い。

「まあ、お恥ずかしいわ」

若奥様風にはにかんでいると、カレルが隣にきてエステルの腰に手を添えた。

それはごく自然な仕草で慣れたものだったが、エステルはどこか強引さを感じる。

「料理長、うちの妻は甘いものに目がなくてね。おすすめを頼むよ」

「かしこまりました。心を込めてお作りします」

優雅に頭を下げた料理長に会釈を返しながら、エステルとカレルは再び席に着いた。

すぐさま給仕がやってきて新しい水を注いでくれる。

「驚きましたね、クレマン侯爵ってあいう方だと知りませんでした」

畏《かしこ》まった場や女性だけのお茶会では伺い知ることのできない性格や態度があるのは知っているが、ああも不快になる人物が高位貴族であるということに驚きを隠せない。

「彼は上昇志向が強いからね。まだヴァルヴィオ公爵を継いでいない私などその辺の小僧なのだろうよ」

澄ました顔のカレルが可笑《おか》しくて、エステルは控えめに笑う。

「そうなんですね。確かに屋敷ではボーナも坊ちゃまと呼んでいましたし？」

「おや、ボーナがそんなことを？　参ったな」

和やかなムードの中、給仕がスイーツを運んできた。

ドーム状のチョコレートムースの上に真っ赤なベリーソースがかかっている。

エステルがそれに舌鼓を打っていると、カレルが小さく会釈した。

知り合いがいたのだろうかと思いそちらに顔を向けると、レストランを出る紳士の後ろ姿が見えた。

「お知り合いですか?」

「いいや」

僅かに口角を上げたカレルに小首を傾げたエステルだったが、まあ、目が合ったから会釈をしたのだろうと気に留《と》めずにいた。

しかしそのあとも何度もカレルは会釈をし、時に軽く手を振った。

気になってそちらを見ると、やはりレストランを出る客の後ろ姿しか捉えることができない。

なんだか化かされているような気がして、エステルがコッソリとカレルに囁く。

「あの、もしかしてなにか……わたしの知らない作法とかがあるのですか?」

「いや、そんなものはないが?」

涼しい顔でカップを傾けるカレルだが、その顔には『気付かれたか』というなんともいえない表情が張り付いている。

(これはそう、いたずらが成功したときの顔ですよね?)

エステルが慎重にカレルの表情から考えを読もうと見つめるが、まったくわからない。

お手上げだと肩を竦めると再び厨房から料理長がやってきた。

「カレル様はここにいたお客様たちに、ワインをプレゼントしてくださったのですよ」

「えっ」

料理長はまた人好きのする笑顔で種明かしをする。

カレルはつまらなそうに視線を逃がすと椅子に背を預けた。

「だって、せっかくの静かな雰囲気を壊してしまったからね。そのお詫びに……君のおかげで気分も良かったし」

「？」

クレマン侯爵を言い負かして気分がよかったのかな？　と目をくりくり動かすと、料理長が小さく噴き出した。

「伝わっていませんよ、カレル様」

「いいんだよ、妻はこういうところが可愛いんだから」

訳がわからないエステルは説明を求めたが、『それは粋じゃないから』とカレルの頑なな反対にあい結局わからないままだった。

帰宅して、いつも通り閨を共にして一息ついたエステルは「そういえば」と小さく声を上げた。

「どうしたの」

エステルの髪をひと房取ってクルクルと弄んでいたカレルが耳聡《みみざと》く聞きつける。

「ええ､昼間のクレマン侯爵の件ですが､前にお茶会で一緒になった令嬢がクレマン侯爵の娘さんだったのです」

そのときのことを軽くかいつまんでカレルに説明する。

「クレマン侯爵があのように好戦的な態度だったのは、令嬢の敵討ちのつもりだったのかもしないと思って」

社交の場で娘が言い負かされて帰ってきたとなれば、父親である侯爵は面白くないだろう。

恐らく政治的にも対立しているカレルの妻に、そんないけ好かない下位貴族出身のエステルが収まったとなれば憎らしさも倍増に違いない。

「あの騒動の根っこは、わたしだったのかもしれないのです……」

申し訳なさに縮む思いで俯くと、カレルが覆い被さるようにして額に口付けを落とした。

「いや、侯爵令嬢が君に失礼を働いたのなら、それはきっとクレマン侯爵が屋敷で私の悪口をさんざん言っているからだろう。私のせいで割を食ってしまったのはエステルの方だ。すまない」

額に掛かる髪を撫でつけてから、さらにもう一度唇を落とす。

「ふふ、水掛け論ですわ。卵が先か、鶏が先かなんてわからないんですもの」

エステルもお返しとばかりにカレルの首に腕を回して頬に口付ける。

身体の距離が近くなった二人はそのまま口付けを交わし、それが深くなると互いの熱を確かめるように肌を合わせる。

汗が引いて少し冷えた肌がまた温《ぬく》もりを得て触れたところからじわじわと温まっていく。

（いいえ、内側からも……）

カレルに触れられているからではない、確かに自分の中にも熱があることを確かめながらエステルはカレルを受け入れるのだった。


愛しくてたまらない。

カレルは腕の中で眠るエステルをじっと見つめた。

レストランでエステルがあのようにクレマン侯爵に発言するとは思いもしなかった。

エステルは、これまでカレルが女性だと思っていた生き物と違いすぎる。

（エステルといると楽しいし、もっと喜ばせたいと思ってしまう）

契約から始まった結婚だが、カレルは大変満足していた。

ヴァルヴィオ公爵家の名前やカレルの容姿に寄ってくる女性とは違い、凛《りん》として品がある。

かと思えば気安く冗談なども口にし、使用人たちとの仲も良好。

それにエステルの作る菓子は美味しい。

前に試作品としてもらったパウンドケーキは素朴な味ながらしっとりとして甘すぎず、お茶のお供に丁度良かった。

また持ってきてはくれないだろうかと期待しているのだが、菓子を作っている様子はあれど、カレルに差し入れてくれる気配はない。

（恐らく他の者から私が菓子を食べないと聞かされたからだろうが……エステルが作ったものなら喜んで食べるのに）

厨房の人間や使用人……特にボーナやマヌエラは良く口にしているようだった。

エステルに言えば喜んで分けてくれるだろうが、カレルはそれができないでいる。

男子が甘いものを口にするなど、情けない！

そう言って叱責する家庭教師が脳裏をよぎる。

そして鞭で打たれるグイドの姿。

「……っ」

もうあの家庭教師はいないし、カレルだってグイドだって立派な大人だ。

それでもカレルはまだ自発的に菓子を口にすることはめったにない。ただあのとき、ティールームでエステルから食べさせてもらった一粒のショコラ……エステルから食べさせてもらいたいという抗い難い衝動を抑えられずに口にしたショコラの甘さは今もありありと思い出せる。

カレルはエステルの髪を撫でた。

緩く巻いたエステルの髪は蜂蜜色で、見ようによっては飴《あめ》細工のようで美味しそうに見える。

（食べたら甘いのでは……）

カレルはエステルの髪をひと房掬《すく》って顔に近づけると、鼻腔《びこう》に石鹸《せっけん》や香水ではない甘い香りが満ちる。

「え、本当に甘い香りが……」

驚いたカレルはすんすんとエステルの髪を嗅ぐ。やはり甘くて美味しそうな香りだ。

カレルは眠っているエステルの指や胸なども嗅いでみるがやはり甘い香りがした。

背後から抱き締めてうなじや耳の後ろを嗅いでいると、あらぬところが活動的になりそうになってしまったカレルは、火が点きそうになった身体を鎮めるべく、カレイドクス国の法律を頭の中で必死に諳《そら》んじるのであった。

5．嫉妬とは疼くもの

「おかしな夢を見てしまったわ」

翌朝眉間にしわを寄せながら首を捻るエステルに、メイドのマヌエラは大袈裟《おおげさ》に目を見開く。

「まあ！　恐ろしい夢ですか？」

話をしながらエステルの髪を梳き、綺麗に結い上げていく様子は見事だ。

聞くとはなしに耳を傾けていたカレルはお茶を呑みながらグイドが持ってきた新聞を読んでいた。

「いいえ、怖くはないわ。ただ、大きな犬が圧し掛かってきてわたしの匂いをしつこく嗅ぐのよ」

「……っ！」

エステルの言葉にお茶を吹き出しそうになったカレルは、すんでのところでそれを回避する。

危なかったと冷や汗をかく主人の様子を、グイドが無言で見ていた。

「犬ですか？　もしかして奥様は動物を飼いたいというお気持ちがあるのですか？」

マヌエラは厩舎《きゅうしゃ》に子犬がいるから見に行こうと言って話を弾ませている。

その隙に咳払いをして気持ちを落ち着かせたカレルは新聞を雑にたたんで立ち上がった。

「……よろしいので？」

「たいした記事はなかった」

グイドが片眉を吊り上げて新聞を丁寧にたたみなおす。

「ではエステル。あとでまた」

「はい。いってらっしゃいませ」

今夜は夜会が開催される。

生憎《あいにく》カレルは仕事で登城するので、会場で待ち合わせをすることにしていた。

夜会の準備は忙しい。

隙を見て軽食を摂るエステルは片手でサンドイッチをつまむ。

塩味が濃いハム、パリパリの葉物野菜に薄くスライスしたチーズ、そして瑞々《みずみず》しいトマト。それをまとめるマスタードの利いたソースが口の中で混然一体となってすさまじい旨味《うまみ》を連れてくる。

「美味しい……！」

コルセットを締めてしまうと食べられないため、ここで栄養を取っておくことは重要だ。料理長に感謝しながらもうひとつ、と皿に手を伸ばしたが、その皿がすいと遠ざかる。顔を上げるとボーナがにっこりと笑っている。

「美味しいのはわかりますが、ふたつ食べてしまうとコルセットを締めたときに吐いてしまうかもしれません」

「……っ。残りは皆さんで食べてくださ い……っ」

断腸の思いでそう口にすると、マヌエラが元気よく返事をした。

コルセットを締めるのは大変な作業だ。

ボーナが手早く引き、細かいところをマヌエラが整えていく。

「苦しいですね……」

「それでも奥様は姿勢がよろしいから締めない方ですよ？　中には呼吸が怪しくなるほど締める方もいるので」

ボーナは長年貴族家に仕えているので、その辺の話には事欠かない。エステルは『これで締めない方か……』と呟きながらされるがままになっていた。

途中で崩れてしまわないよう、いつもよりもしっかりめに化粧を施しドレスを纏う。

絶妙な濃淡のある青い生地に銀糸で精密な刺繍《ししゅう》を施したドレスはヴァルヴィオ公爵家御用達のドレスショップで作ったものだ。

生地の染めから刺繍に使う銀糸まで拘《こだわ》った最高級品である。

ドレスにそう金をかけられる環境になかったエステルは、公爵家の家格上必要なことだと理解しているものの、自分のためになど勿体《もったい》ないと思う気持ちを完全に消し去ることができない。

(仕事を与え対価を得る機会を与える。職人は技術を研鑽《けんさん》することで発展していくから、これは未来への投資でもある……)

一方的に散財しているわけではないのだ、これは公爵家に嫁いだ者の仕事でもあるとわかっていてももやもやは消えてくれない。

「奥様、大変お似合いです」

ボーナに声を掛けられ思考の波から顔を上げる。

目の前の姿見には凛とした雰囲気の中に柔らかさを宿した貴族女性が映っている。

蜂蜜色をした髪を複雑に編みこんでアップスタイルにして、顔の横に残した髪はコテでカールされ動くたびに柔らかそうに揺れる。

大きな青い宝石があしらわれた髪留めは光を反射してその存在を主張していた。

「いつもながら素晴らしいわ。原型がないほど美しく仕上がっている！」

「原型ちゃんとありますから……奥様の良さを最大限に引き出した手腕、よく見てくださいよォ！」

マヌエラが情けない声を上げながら化粧道具を片付けている。

ボーナは細かいところを微調整しながら、満足そうに姿見越しに目を合わせた。

「本当に、お美しいです。どうぞ自信をお持ちになってください」

「ありがとう、ボーナ」

あたりが薄暗くなるころ、エステルは夜会の会場に到着した。

馬車から降りるとざわりと空気が動いて視線を感じる。

（慣れないわね、この視線……）

公爵家の馬車であることは、家紋から知られているので、そこから降りてくるのはエステルであるのはわかっているはずである。

どこか張り詰めた空気を無視してエステルは会場へ入る。

招待状を渡すと、すぐ脇にある椅子を勧められた。

「ヴァルヴィオ様は既にいらしております、ここでお待ちくださいませ」

エステルが来たら呼ぶように指示されていたのだろう。軽く頷いて腰掛けようとしたところに声が掛けられた。

「エステル」

座る間もなくカレルが現れた。濃灰色のフロックコートには金糸で鮮やかに彩られ、中に着たウェストコートも同様の刺繍が施されている。

元々注目を集めるカレルだが、今夜の装いもまた彼に素晴らしく似合っていた。

「カレル様」

最初からそうデザインされたように、カレルとエステルが寄り添うと周囲から「ほう」とため息のような音が漏れる。

「今宵のエステルは夜の女王のように近寄りがたい美しさだな。目が眩《くら》みそうだ」

歯の浮くようなセリフを吐いてこめかみに口付けるカレルに、エステルは苦笑いを返す。

「ありがとうございます。でも、カレル様の方がずっと素敵です」

カレルは恐らく、意識してエステルの色を纏ってくれているのだろう。

毎回というわけにはいかないが、円満な夫婦であると印象付けるのにこれ以上の演出はないのだ。

（わたしのドレスも青と銀でカレル様の色……）

本人を前にしてカレルを表す色を身に纏うのは面映《おもは》ゆい。

しかも愛おしそうに瞳を細められると本当に望まれて妻になったような気さえしてしまう。

（いえ、望まれた理由が恋愛結婚と違うだけで！　ちゃんと契約妻として望まれているから！）

フン！　と鼻息荒くしたエステルは気合を入れなおして笑顔を作った。

ヴァルヴィオ公爵家の嫁として挨拶をし、社交に勤《いそ》しむエステルとカレルに声が掛けられた。

「カレル様！　お久しぶりです」

艶っぽい響きを感じて、そちらに視線を向けると匂い立つような色気を纏った美女がまっすぐにカレル目指して歩いてきた。

（あ、あの女性は！）

それはアマーリエ・ハンリーと双璧を担うと言われる人気女優エリアーヌ・ルセだった。豊満な身体から発する迫力のある声が売りだけあって、彼女の声はよく通る。

会場にいたみんなが振り向いたのではないかと思われるほどだ。

「ああ、ルセ殿。ご無沙汰しております」

カレルは口の端だけで笑って挨拶をする。過度に近しくしないように意識しているようだ。

（そうよね、特定の女優と噂になったら困るものね）

国立劇場の創設に多大な貢献をしたカレルだ。伝手《つて》を欲しがる人間は多いだろう。

贔屓《ひいき》と思われぬよう気を付けているのだと思われた。

「結婚してからはお誘いしても全然打ち上げに来てくださらないんだもの、寂しいわ」

しゃなりしゃなりと抜群のプロポーションを見せつけるように、すぐ傍まで近付いてきたエリアーヌはエステルとは反対の腕に自らの腕を絡ませる。

「ねえ、今度の舞台、見に来てくださいますわよね？」

「ああ、どうでしょう。予定を確認してみないことにはなんとも」

エリアーヌはぎゅうっとカレルの腕を抱き寄せる。恐らく豊満な胸が当たっているだろう。

（え、もしかして喧嘩を売られている？）

笑顔を保てなくなり、エステルは頬を引き攣らせてエリアーヌを見た。

すると彼女は真っ赤な唇の両端をキュウと上げると目を細めた。

「私、カレル様のためなら日陰の女でもいいのに」

しなを作って流し目を送るエリアーヌに、エステルの顔面筋は更に引き攣った。

（この人、まさかの愛人志願？……隣に妻がいるのに、なんて図太いの⁉）

思わず組んだ腕に力が入るが、その腕をカレルが落ち着かせるように軽く叩く。

「ははは、冗談がお好きですね。今度の役柄ですか？」

カレルは快活に笑うと、「失礼」と軽く断ってエリアーヌに取られたほうの手をあげて給仕に合図する。

「妻になにか果物を」

「かしこまりました」

一連の流れでエリアーヌから腕を取り返したカレルは隙のない笑みで女優を見る。

「ああ、あちらにあなたに声を掛けたがっている紳士たちがいるようだ。みな裕福で芸術に理解のある方だ。どうだろう、時間が許せばお話をしてみては？」

提案しているように聞こえるが、カレルの目を見れば『あちらへ行け』と言っているのは明らかだ。

エリアーヌは一瞬だけ顔を強張らせたがすぐに笑みを浮かべ、会釈をして行ってしまう。

エリアーヌがいなくなって、エステルは詰めていた息を吐いた。知らずに緊張していたようだ。

「気を揉ませたかな？」

丁度良く給仕がフルーツの盛り合わせを持ってきた。

それをエステルに差し出すカレルはいつもの温和な表情だ。

「大丈夫です、ありがとう」

エステルは笑顔でそれを受け取り、食べやすいように果物に刺さったピックを摘まむ。

甘酸っぱい果実がささくれ立ったエステルの気持ちを落ち着かせてくれる。

大袈裟に肩を上下させて気分を変えようとしていると、カレルがエステルの手を引いた。

「踊らないか？」

「え？」

ダンスホールでは楽しげな音楽が鳴り響き、数組の男女が踊っているのが見える。

「いや、踊っている人が少なすぎて注目されてしまいます！」

実はそんなにダンスの腕前に自信がないエステルは、頬を引き攣らせた。

ここで大失敗しては『ほら、化けの皮がはがれた』と嘲笑されるかもしれない。

普段通りすれば問題ないと思うが、出掛ける前に少し基本のステップをさらっただけのエステルは尻込みをする。

「消極的なエステルも可愛らしいが……私と踊るのは気が進まない？」

身を寄せて僅かに眉を寄せるカレルの表情は愁いを帯びて美しい。

（そんなの、断れるわけないじゃないですか……！）

くっ、と唇を噛んだエステルはカレルに手を差し出す。

「わたしの持ち場は壁なれど、……踊るカレル様を間近で見られる千載一遇の契機……っ」

それに付随するわたしは雑音だと思ってくださいと呟くと、カレルはふは！　と吹き出した。

「我が妻は本当に独特で、目が離せないな」

晴れやかな顔でエステルをエスコートするカレルは、心底楽しそうだ。

この笑顔のためならば、自分が笑われるくらいなんでもないと思わせるほど楽しそうで、エステルは気がつけばつられて笑顔になっていた。

実際カレルのダンスの腕前は超一流で、エステルを身体の向きや手の組み方、足の運びで巧みにリードする。

「え、わたしちょっと踊れてる感じじゃないですか……！」

すべてカレルのお陰だとわかっていても、いつもより体のキレがよく、ターンもぐらつかずにこなすとエステルはどんどん楽しくなっていった。

「上手じゃないか、エステル」

いつしか身体は音楽に合わせ勝手に動き出す。

自分を取り巻く空気が一緒に踊っているような不思議な高揚感がエステルを包む。

（楽しい！　壁以外にも夜会の居場所、あったわ……！）

この気持ちをカレルに伝えたくて顔を上げると、カレルと目が合う。

ずっと見つめられていたのかと思うと気恥ずかしかったが、エステルは想いを込めて微笑む。

「カレル様となら、いつまでだって踊っていられそうです」

「私も同じことを考えていたよ」

アイスブルーの瞳が細められると、周囲からもほう、と感じ入ったような音が聞こえる。会場中の紳士淑女がカレルのことを見ていたようだ。

ダンスが終わり、なぜか沸き上がった拍手に応えた二人だったが、カレルが耳打ちする。

「君と離れたくはないのだが、挨拶をしてこなければならない相手を見つけてしまった」

連絡事項にも甘い言葉を仕込んでくるマメな男にそこまで言わせる相手とは誰だろう。

エステルがカレルの視線を辿ると、痩せぎすの老紳士がいた。

それは一線から退いた宰相補佐の一人ミシリエ前伯爵だ。

「お世話になった方であれば、わたしもご挨拶したほうがいいですか？」

気を利かせたエステルだったが、カレルは頭を振る。

「いや。彼は気難しくて、妻とはいえ女性同伴で挨拶されることを嫌っているから」

なるほどと合点がいったエステルはカレルの腕に強く触れた。

「先達なくして未来は語れませんものね。どうぞ行ってらっしゃいませ。わたしは少し疲れたのでその辺で休んでいますね」

自分は大丈夫だと笑顔で表現したつもりだったが、カレルはなぜかエステルの頬と唇のすぐ脇に口付けた。

「行ってくるね、ダーリン」

「……っ！」

まるで長く留守にするような切ない瞳で見つめてから、カレルは踵を返して行ってしまう。

（な、なんであんなに思わせぶりなのかしら？）

エステルは口付けられたところを手で押さえながら、顔の火照りを収めようとバルコニーに出た。

「ふう……」

誰もいないバルコニーで夜風に当たると、どれほど顔が上気していたのかわかる。

公の場でカレルと一緒に居ることにも慣れたはずなのに、ダンスのときはともかく身を寄せ合うようにしているのは照れてしまう。

カレル曰《いわ》く『夫婦の距離』らしいが、屋敷にいるときよりも明らかに近い。

恥ずかしく思うのは自分がまだ夫婦としての気構えが足りないからだと感じたエステルは、バルコニーから会場を見つめた。

(世の夫婦がどのような距離感でいるのか、よく観察しよう)

……

…………

……………

(うーん?)

エステルは首を傾げる。

目の届く範囲だが、夫婦と思われる男女は適度な距離を保ち楽しそうに歓談しているように見えた。

誰も、カレルとエステルのようにぴったりと寄り添ってはいない。

(ちょっと待ってカレル様?)

カレルに担がれたという気持ちと、冷静なつもりでも周囲が見えないくらい舞い上がっていた自分に気が付いたエステルは、冷えてきた顔がまた熱くなるのを感じた。

（まあ、でも新婚なんだし、仲がいいように見せておくのは悪いことではないから……それに、カレル様も嫌じゃない距離感ということよね？　そうよね？）

そう自分に言い聞かせながらバルコニーを出たエステルは、給仕からグラスを受け取り黄金色の液体を一口呑む。ごく弱いアルコールだ。

炭酸を強く感じるが、喉を落ちていくのは焼ける熱ではなく爽やかなシトラスの風味だ。

バルコニーに長くいたので、そろそろ前宰相補佐との挨拶も終わった頃だろうとあたりを見回すと、カレルはすぐに見つかった。

さすがに人気者で、大勢の人に囲まれて顔だけが見える。

エステルは急にカレルが別世界の人のような感覚に陥って立ち止まった。

（いいえ、思い出したわ）

本来ならば交わるはずのない男爵令嬢と次期公爵。

運命の悪戯か、たまたま交錯した運命が予想外に絡まった二人。

（そうね、わたしは壁の花の常連だったし）

初めてカレルに会ったときもそうだった。

積極的に社交活動をせず、安産多産系な自分にカレルが目を付けた。

（いや、目を付けたという表現は良くないわね）

エリアーヌの件もあって少しナーバスになっている。

エステルは手摺《てす》りに凭れるようにして気持ちを切り替えようとした。

何度か深呼吸していると声が掛けられた。

「失礼、ヴァルヴィオ夫人ですよね？」

声のしたほうを向くと、少し目元を赤らめた紳士が首を傾げたところだった。

どこか緩慢な仕草は酔っているからかもしれない。

「失礼ですが……」

見覚えのない紳士は慇懃《いんぎん》に自己紹介をする。

子爵家の者だと強調して名乗る彼は、もしかしたら嫡子ではないことにコンプレックスを抱いているのかもしれない。少し背伸びをしているような印象だ。

「モテる夫を持つと気苦労が絶えないでしょう」

わかります、といった雰囲気を醸し出す紳士は訳知り顔で語り始める。

「ヴァルヴィオ様は仕事ができるし美形だし、尚且《なおか》つ次期公爵だ。非の打ち所のない優良物件は結婚後も虫を追い払うのが大変でしょう」

「……なにが言いたいのですか？」

彼の選ぶ言葉に不愉快さを感じたエステルは固い声で尋ねる。しかしそのニュアンスを汲み取らない男は「大丈夫、わかっています！」と話を自分の都合よく進める。

「男は浮気するものです。さっきも見ていましたが、あんな美女に言い寄られて浮気しない男はいない。夫人はお可哀そうだ」

「……」

不愉快過ぎる。エステルはいい顔を作っているのが難しくなって眉を顰めた。

男はなにも言わないエステルが図星を突かれたのだと思ったようで、一気に距離を詰めて囁く。

「だが、可哀そうでなくなる方法もある……あなたも浮気したらいいのですよ」

言葉の最後にハア……と息を吹きかけてくる。

アルコールの匂いと共にぞわぞわと悪寒が走り、全身に鳥肌が立つ。

（え、なにこの人？　なぜ息を吹きかけるの？　気持ち悪いわ……！）

慌てて距離を取ったエステルだったが、男はその分距離を詰めてくる。

「もし相手に心当たりがないのであれば、私などどうです？　後悔はさせませんよ……」

肩を抱こうと腕を持ち上げたのを見て、エステルはさっと身を翻す。

肩透かしを食らった男はたたらを踏むが、手摺りに手をついてうすら笑う。

「照れているのですか？　大丈夫です、最初はみんなそうなのです」

「あの、思い違いをされているようですね。わたしは浮気に興味がありませんし、したいとも思いません。夫もそのようなことをする人ではありませんからご心配には及びません」

強めの口調で言うが、男は酔っているからなのか本気にしない。

「強がらなくてもいいのですよ！　夫人の寂しいお気持ちを私が埋めて差し上げますから！」

男はますます調子に乗って話し始める。次第に声が大きくなり、周囲も様子がおかしいと気付き始めたのか、チラチラと視線を送ってくる。

（いやだ、変に注目されるのは困るわ……）

「寂しくはないですし、わたしは夫を信じています！　もうよろしいですか？」

かなり強めに言ったが男にはピンときていないようだ。

なおもエステルとの距離を詰めようとする。

その足元がふらついているのを見て、足を引っかけて転ばせて逃げようと考えたエステルだったが、ほっと肩の力を抜く。

男の肩越しにカレルがこちらに向かってきているのが見えたのだ。

（ああ、よかった、気付いてくれたんだ）

一気に安堵したエステルだったが、目の前の男は違うように解釈したらしい。エステルから力が抜けたのを見るや、抵抗を諦めたか、受け入れたかと勘違いしたのだろう。

唇を歪めて舌なめずりをすると、懲りもせずエステルに手を伸ばして強引に肩を抱いた。

「さあ、静かなところに行きましょう。大丈夫です、私は紳士で有名な男ですか……っが！」

エステルは見た。

これまで目にしたことがないくらいほど……そう、まるで悪魔のような顔をしたカレルが男の後ろから大股に歩み寄って大きな手のひらで男の首を掴んだ。

まるで鴨《かも》の首でも締めるように。

「こんなところにいたのか、エステル」

しかし声はいつものように朗らかで、エステルに対しての優しさが溢れている。

「え、ええ……」

カレルは口角を上げるとうんうんと何度か頷く。

「ところでこれは知り合いかな？」

カレルに『これ』と言わしめた男は顔を青くして息を詰めている。

いや、正確には詰められている。

「いいえ、ただ声を掛けられただけです……あの、そろそろ離してあげては？」

見るからに首を掴む手に力が籠っているのを見てエステルは恐ろしくなる。

カレルが一向に気にした様子がないのだ。

「ああ……そうだね」

興味なさそうに男を横目で見たカレルは男の胸倉を掴んで壁に押し付け、低い声で威圧する。

「きみ、私の妻をどうするつもりだった？　この帽子置きはハリボテなのか？」

普段のカレルからは想像できないような怜悧《れいり》な視線と声は、エステルでさえ身が竦む。

近距離で詰められている男はそれ以上の圧がかかっていることだろう。

「あ、いや……私は、そんなつもりは」

「そんなつもり？　ではどういうつもりだった？　この手はどういう意図で私の妻の肩を抱いた？」

男はなんとかカレルから逃れようとするが、彼には逃がす気はないらしい。

「あ、うう……っ、す、すみませ……っ」

「その程度の覚悟で私の妻に手を出そうなどと思いあがったことを、またしてみろ。そのときは貴様の拠《よ》り所《どころ》の子爵家など跡形もなくカレイドクス国から消え去ると思え」

あまりに苛烈なカレルの言葉に、エステルは絶句した。

あの優美なカレルの中にこんな激しい感情があるなんて、思いもしなかった。

「行け」

半泣きの男を離すと、カレルはまだ厳しさの残る顔をエステルに向けた。

本能的な恐怖から身体を竦めたエステルだったが、なんとか口許に笑みを浮かべる。

「カレル様……」

「こちらへ」

秀麗な眉を跳ね上げたカレルはエステルの手を取って広間の奥の小部屋に入る。

その手がいつもよりも少し強引で熱を持っていた。

小部屋には誰もいない。

ここは夜会で具合が悪い時や、休みたい時に利用する場所だ。

「カレル様……っ」

返事をしないカレルは口を引き結んだまま後ろ手で鍵をかけた。

ガチャリという聞きなれたはずの金属音がいやに大きく聞こえる。

「エステル……前から思っていたのだが」

カレルの声は平坦《へいたん》だ。しかし隠しようもない怒りや苛立《いらだ》ちを感じて、エステルは後ずさった。

「はい……」

こういう出だしは怒られると相場が決まっている。エステルは叱責に備えて下を向く。

「きみには圧倒的に危機感が足りていない。近付いてきたあいつが全面的に悪いのは間違いないが、肩を抱かせるとはどういうことだ」

予想通り、カレルのお説教が始まる。

比較的良い関係を気付いてきたエステルとカレルの間では、このようなことは初めてだった。

「抱かせるつもりで抱かせたのではありません。不可抗力です」

（一方的に危機感が足りないと言われるのは、納得いかないわ。わたしはきちんと男性との距離を取って……）

叱られるのは不本意だと顔に出たのだろう。カレルが大きく一歩踏み込んでくる。彼の怒りを間近に感じてエステルは息を呑んだ。

負けたくないという気持ちだけで顔を上げると、カレルの視線に射貫かれた。

「いや、エステルは男を惑わせる魅力がある。だからもっと明確に、私以外の男を拒絶する必要があるのに、それを怠っている」

人生で初めて言われた魅力に『そんなことあるか！』と反論したかったエステルだが、カレルがあまりに真剣な眼差《まなざ》しをしているので、エステルは怯んだ。

「うう……っ、え、……あ！」

後ずさったエステルは後ろにあるカウチに気付かずに体勢を崩す。

転びそうになったエステルを、カレルは軽々と片手で支えた。

「あ、ごめんなさ……っ、んぅ……っ！」

そのまま引き寄せられたエステルは、乱暴に唇を塞がれ、目を白黒させる。

これまでカレルがこんなに乱暴に、エステルの意志を無視して唇を奪うことはなかった。

戸惑っていると唇を割り、舌がねじ込まれる。

カレルの熱い舌が我が物顔でエステルの口内を舐ると、当然のようにエステルの身体がヒクリと戦慄く。

夜毎閨を共にしていればそうなってしまうのだと自分に言い訳しても、顔が火照るのを止めることができない。

「ほら、すぐに蕩けた顔をして……普段凛々しい君がそんな風に変わるなんて、それがどんなに男の嗜虐《しぎゃく》心を煽るかわからないのか」

とんでもない言いがかりだ。エステルは元よりそんなに長くない導火線に火が付いたのを感じる。

「それを言ったらカレル様だって！　あんな綺麗な女優に言い寄られたり、たくさんの人に囲まれたりして、まんざらでもなかったくせに！」

お返しとばかりに自分から唇を合わせに行くが、勢い余って歯がぶつかってしまう。

「うっ」

衝撃が歯の根に響いて痛かったが、一瞬怯んだカレルが見せた隙を逃さず、エステルは自ら唇を重ね舌をねじ込む。

「んっ、ふ……ぁ、んむ……っ」

激しく舌を絡めると、カレルも応戦してくる。

卑猥な水音が口の中からしていると思いながら、負けるものかとむきになった。

擦り合わせ、入り込んできたカレルの舌を吸うと、背中がカウチに押し付けられる。

逃げ場がなくなったエステルはカレルの思うさまに口腔を侵されてしまう。

「ぷはっ！　カレルさ……っ、あっ」

抗議の声を上げたところにまた口付けされたエステルは、徐々に反抗的な気持ちがむず痒い気持ちにすり替わっていくのを感じていた。

（カレル様……っ）

下腹部が痺れるような感覚に小さく呻《うめ》くと、カレルは唇を離しエステルの下唇を甘噛みする。

「エステル……、このままじゃ帰れないだろう？」

膝をエステルの脚のあわいに強く押し当てたカレルは大きく息を吐く。

それはため息ではなく、なにかを堪えているような雰囲気を持っていた。

（あ、そうか……）

エステルは首を上げてカレルを見た。

エステルのドレスのスカート部分で見えにくいが、カレルの雄茎が萌《きざ》しているのがわかる。

「……カレル様だって、でしょう？」

上目遣いに言い返して唇を歪めると、カレルが片眉を跳ね上げた。

「君という人は……もう……っ」

苛立ちの中にどこか甘やかな色を滲ませながら、カレルはエステルの唇を奪う。

もう何度目かもわからないほど、口付けた。

エステルのほうからも負けじと仕掛けるので、互いにむきになっていたきらいもある。

エステルの身体がどうしようもなく熱く、耐え難い状態になったとき、カレルは彼女の身体をまさぐる手を止め、低く唸る。

「く……っ、本当にエステルは、思い通りにならない……っ」

（え……？）

思いもよらぬことを言われたエステルは発言の真意を聞き返そうとしたが、カレルがまた激しく唇を合わせてきたので叶わなかった。

ここは他家主催の夜会の休憩室だ。

（つまり、『それなりの格好をしてこの部屋を出ていかなければならない』ということ……！）

それはカレルも承知しているようで、ドレスのスカート部分をたくし上げ性急にエステルの脚のあわいに手を這《は》わせる。

「あ……っ」

くち、と微かな水音はエステルのそこが十分に潤んでいるということに他ならない。カレルはドロワーズのスリットに指を差し込み、秘裂を指で数度なぞり蜜を纏うと些か強引に指を差し入れた。

「ひぅ……っ！」

いつもならば十分に蕩かせてから指を挿入するというのに、今日は勝手が違う。

体勢の不安定なカウチで、ドレスを着たままで、エステルを奥まで暴こうとしている。

「まだ狭いな……、でも濡れている。淫らだな」

「な！　それは……っ」

呼吸も許さないと言わんばかりにキスを仕掛けておいて、どういう了見だと声を大にして言いたい。

（濡れるに決まっているでしょう、カレル様にキスされたのよ？）

しかしエステルは今の強引過ぎるカレルには言いたくなかった。

ひどくされるのが好きだと思われたくない。

（カレル様だから……っ、カレル様が触れるからこうなってしまうの……っ）

カレルの指が強引にエステルを慣らしていく。すぐに二本目の指を差し入れられバラバラに動かされると、意図しない声がエステルの口から洩《も》れる。

「うっ、……ん、ふぅっ」

大きな声を上げてしまわないように歯を食いしばるが、どうしても鼻から抜ける声がまるで媚《こ》びているように聞こえて居た堪れない。

「エステル……きみはわたしの妻だ……っ」

苦し気なカレルの声が聞こえたかと思うと中をまさぐっていた指が抜かれ、いつの間に前を寛《くつろ》げたのかカレルの怒張が蕩けた蜜口に宛がわれる。

指とは違う、覚えのある感触が襞を抉り擦り付けられると切っ先が強引に押し入ってきた。

「……っは……、ぁう……っ」

慣らしが足りなかったのか、いつもよりも締め付けが強い。

だがカレルは引く気はないようで、ミリミリと突き入れる。

「あ、待って……っ。おお、き……っ」

蜜洞がきついせいか、エステルはカレルの剛直を大きく感じて身体を震わせた。

悪寒に似たそれは全身の皮膚を粟立たせ、エステルにおかしな浮遊感を与える。

「あっ、ふ、ぁ……っ」

訳がわからない感覚に襲われたエステルをカレルは見逃さなかった。

猛る雄芯が一気にエステルを貫く。

硬い先端が最奥まで達し、エステルは声が抑えられなくなった。

「あっ、ああ……っ！」

雷に打たれたような激しい快楽がエステルの脳天を灼《や》く。

だというのに、カレルはきつい蜜洞をガツガツと突き上げ始めた。

コルセットに締めあげられた細い腰を抑え込み、不安定なカウチの上で腰を振りたくる。

「ひ、あぁ……っ！　や、待って……っ、あう……っ！　カレル……っ」

額のあたりでバチバチと火花が散っている。

いつもとは違い過ぎる激しい行為に、エステルは意識が保てなくなりそうで声を上げた。

だが制止の声も聞こえないのか、それとも無視しているのか、カレルは荒い息でエステルを穿つ。

品よく後ろに撫でつけた銀髪が乱れて額に掛かる。

「エステル……っ」

「ひ、ぁ……っ」

名前を呼ばれたエステルは奥に先端を押し付けられて、達した。

蜜洞がぎゅううう、とカレルの陽物を締め上げる。

「く……っ」

カレルが顔を顰めてエステルの腰を引き寄せるのと同時に、先端で奥をぐりぐりと捏ねて熱情を迸らせた。

蜜洞の中で剛直が脈動したのを感じながら、エステルは自らの胸に倒れ込んできたカレルが囁いた言葉を、確かに聞いた。

「本当に……本当に私のことを好きになってくれないか」

驚くほど弱々しいその声に答えようとしたエステルだったが、視界が白み意識を失った。


次にエステルが瞼をあけた時、どこだかわからなくて混乱した。

慌てて起き上がるとそこはヴァルヴィオ公爵家の別邸の、エステルの部屋だった。

（どうして、……あ。ああ、そうか）

エステルは不快げに眉間にしわを寄せる。

自分がどういういきさつで、どうしてここに寝かせられたのか思い至ったのだ。

「まったく、カレル様ったらどうしようもないんだから！」

呼び鈴を鳴らしてマヌエラを呼ぶと、エステルはベッドから降りて大きく伸びをする。

身体の不調はないし、身体がべたついていないことから清拭されたとわかる。

エステルは風呂の用意を頼み、その日の午前中はゆっくりすることにした。

温室でブランチを摂り食後のお茶を呑んでいると、背後から遠慮がちな靴音がして待ち人の来訪を告げる。

「……エステル」

「どうぞ、こちらに」

そちらを見ずに向かいの席を示すと、足音はゆっくりと近付いてきて椅子に座る。

すかさずマヌエラがお茶を注いでくれる。

この屋敷でエステルを『エステル』と呼ぶのは夫のカレルしかいない。エステルはマヌエラからカレルが屋敷にいることを聞き、身支度が整った頃に現れるのではないかと踏んでいた。

そして、その通りになった。

(律儀ね)

「エステル、昨夜は……」

エステルはお茶を一口飲むとソーサーにカップを置く。俯いたカレルが麗しい顔に苦渋を滲ませていることから、言いたいことを察したエステルはそれを阻止した。

「好きですよ」

驚いたように顔を上げるカレルと目が合うと、エステルは胸の前で腕を組んで顎を上げる。

「昨日カレル様は本当に好きになってほしいって言っていましたけど」

「……聞こえていたのか」

バツが悪そうに呟くカレルは眉を下げる。

その顔を見ただけで世の女性はカレルのことを許すに違いないと確信する。

それはエステルも例外ではない。

「ええ。もしアレが本心なら」

「本心だとも」

間髪入れずに前のめりになるカレルの瞳は真摯で、とても嘘や冗談だとは思えない。エステルは勿論カレルがそんな酷い嘘をつく男ではないことは知っている。

「ええ。わたしも悪かったです。ずっと遠慮して言葉にしませんでしたから」

もじ、と胸の奥がくすぐったくなる。

エステルは組んでいた腕を解き、膝の上に揃えて前を向く。

視線の先には期待の色が浮かぶカレルがいる。

(照れるわ……もう夫婦ですることもちゃんとしているのに)

エステルは咳払いすると大きく息を吸い、一気に言い放つ。

「好きです、わたしはカレル様のことが好きです。だから結婚したのですわ」

確かに最初は契約結婚という形だった。

しかしエステルはカレルの紳士的な態度が、決して対外的に取り繕われたものではないと知り惹《ひ》かれた。

いつか子供を産んで用済みだと言われたときは悲しいなと、まだ来ぬ未来を憂えるほどにはカレルのことを想っていた。

何度も気持ちを伝えたいと思った。

しかしエステルから好意を伝えたらカレルが困ると思うと、口を噤《つぐ》んだ方が利口だとその都度飲み込んできた。

「エステル……本当なのか」

「ふふ、疑《うたぐ》り深《ぶか》いですね。本当に好きですよ」

手を伸ばしてテーブルの上のカレルの手に触れる。

一瞬ビクリと反応したのが大袈裟で、エステルは笑いたくなった。

「ああ、好きだ。私も君のことが好きだ」

反対の手をエステルの手に被《かぶ》せて包むようにしたカレルは眩しいものでも見るように目を細めた。


そんなことがあり、エステルとカレルはますます仲睦まじくなった。

夜会には必ず夫婦同伴で参加し、仲がいいところをまんべんなく見せつけたことでおしどり夫婦という印象が定着した。

エステルの手作りの菓子も好評で、最近は着色した生地を使って模様を描くものが斬新だと喜ばれている。

(なにか、あれを工夫して新しいものができないかしら……)

移動中の馬車の中でアイデアを練っていると、馬車が停《と》まった。

屋敷のすぐ近くだったが、正門までまだ少し距離がある。

どうしたのか御者に確認しようとしたが、先に御者の方がエステルに声を掛けてきた。

「奥様、門の前に怪しい者がおりますので確認してまいります。馬車の中でこのままお待ちいただけますか」

「え、危なくはない？」

もし危険な人物であれば御者の身を危険にさらすことになる。

エステルは眉を顰めるが、御者は朗らかに笑う。

「大丈夫ですよ。形《なり》から見て女性のようですから」

「でも、気を付けて」

武器を持っているかもしれないと声を潜めると、御者はくすぐったそうに笑う。

御者が歩いて件の不審者に近付いていくのを、エステルは窓から覗いた。

マントのフードを目深に被った人物はすらりとして華奢《きゃしゃ》で、御者の言う通り女性のようだった。

（荷物は少ない……旅人には見えないわね。かといって知り合いが尋ねてきたような雰囲気でもない……）

まるで身元が割れては困るような気配を感じた。

御者は本当に大丈夫だろうかと目を凝らす。

御者に声を掛けられた不審人物が振り向いたときにフードからこぼれた艶《つや》やかな黒髪を見て、エステルは「あ！」と声を上げた。

慌てて馬車のドアを開け、全力で走り寄る。

「待って！」

それを見て驚いたのは御者だ。

彼にとっては守るべき女主人が不審者に猛然と向かってくるなど、予想外だったに違いない。

「奥様、危険ですから！」

両手を広げてエステルを庇《かば》おうとする御者に、息切れしながら大丈夫だと伝えたエステルは、不審者に対峙《たいじ》する前に大きく深呼吸をした。

「……あまり人目についてはよろしくないでしょう。どうぞ、馬車へ」

慇懃に頭を垂れ後ろの馬車を示すエステルは、まるで王族にでも対するような敬意を見せる。

その態度で察した御者は目を見開いたあと、慌てて馬車に戻り移動させてきた。

不審者は小さく頷くと大人しくエステルの言葉に従う。

背中でその気配を感じながら、エステルは大変なことになったぞ……と冷や汗をかいた。


妙な雰囲気になってしまった馬車がすぐそこの屋敷に到着すると、エステルは出迎えの使用人たちを眼力で黙らせて、視線で会話をする。

『とりあえず応接間にご案内するから！』

『……！』

驚いた様子の使用人たちも、イレギュラー対応を心得ているので短く頷いて迅速に行動する。

客人を応接室に案内すると、ボーナが近寄ってきた。

「旦那様への連絡はいかがしましょう」

「そうね……今日は重要な会議だったはずなので、変に騒ぎ立てないほうがいいと思うの。落ち着いているからすぐに来てもらわなくてもいいと思う。少しお話をしてみるから、カレル様に知らせるのはそれからでもいいわ」

もしも『彼女』がすぐにカレルとの面会を望むのであれば、カレルには申し訳ないが会議どころの話ではない。すぐに帰ってきてもらわねば。

「よろしいのですか？」

ボーナが気遣わしげに覗き込むようにエステルを見る。

「なにが？」

意図がわからず首を傾げると、ボーナは遠慮がちに口を開く。

「『あのかた』は……カレル様の……」

エステルよりもカレルのことを知っていて、きっと母のように思っているだろうボーナの心配は計り知れない。

エステルは安心させるように微笑むと、ボーナの肩を軽く叩いた。

「大丈夫よ。それよりもお茶の準備を。あなたたちのほうが『あのかた』の好みを知っているでしょうから。お願いね」

ボーナは心配そうにしながらも頭を下げてその場を離れる。

エステルはまた深呼吸をして応接室に戻る。

「失礼いたしました、どうぞ楽になさってください」

茶会で鍛えた親しみの滲む笑顔で話しかけると、『彼女』は首元の紐《ひも》を引いてマントを脱いだ。

フードが落ち、中から煌めくような艶を纏ったまっすぐな黒髪が現れる。

「……っ」

エステルは硬直した。

混じりっ気のない『美』というものを目の前に突きつけられた気がした。

真夏の空のような鮮烈なまでに青い瞳。

それを縁取る人形のように長いまつ毛は、可憐でありながら強さをも感じさせる。

すっと通った鼻筋と、その下には蠱惑的《こわくてき》なカーブを描いた赤い唇が。

(美しいなんてものじゃないわ……どうしよう、泣いてしまいそう)

エステルは博物館や美術館で感じるような圧倒的な美を全身で浴びて、身体が震えた。

「あなたは？」

「も、申し遅れました。わたくしはエステル、……エステル・ヴァルヴィオと申します」

『彼女』の声が鈴の音のように可憐なことに驚いて、エステルは言葉を閊えさせる。

（ああ、生まれ持った品格というか、高貴さっていうものは付け焼き刃とは全然違うのね）

『彼女』は長いまつ毛を瞬かせると、得心がいったように手を叩いた。

「……ああ！　あなたもしかしてカレルの妻？」

「左様でございます……」

密《ひそ》かにカレルが呼び捨てられたことを気にしたエステルだったが、すぐに気持ちを立て直して頭を下げる。

『彼女』がどういう反応をするかわからなかったからだ。

「だから屋敷の様子が変わっていたのね。なるほど、理解したわ」

そう言うと『彼女』は優雅な仕草で立ち上がり、応接室の調度を確認したり、窓から庭を見たりする。

「全体的に明るくあたたかい雰囲気ね、素敵だわ」

「……恐れ入ります、オルガ王女殿下」

エステルは殊更深く頭を下げた。

オルガ王女は満足そうに微笑む。

彼女は運ばれてきたお茶と茶菓子が馴染みのものだったことにいたく感心し、「さすがカレルの屋敷ね」とご満悦だ。

そのまま応接間の隅に控えたのはマヌエラだ。

マヌエラは畏れと使命感が綯《な》い交《ま》ぜになった複雑な表情をしている。

恐らくエステルのためにと志願してくれたのだろうが、いかんせん気持ちが空回りしている感は否めない。

（でも、気持ちが嬉しいわ）

エステルは気持ちが解れたのがわかり、すっと背筋を正す。

それに気付いたオルガが、小さく咳払いをした。

「突然来てごめんなさい。わたくし、どうしていいかわからなくて……味方はカレルだけだから」

オルガが俯きまつ毛を伏せると、すべてを許してしまいそうな気になった。

（オルガ王女、すごい存在感だわ……カレル様は良くこのかたを手放す気になったわね）

変な方向に感心したエステルは、夫を思い浮かべて納得した。

（ああ、鏡を見慣れているからか）

「なにがあったのですか？」

話の先を促すと、オルガは視線を下げたまま話し始めた。

迷いながら身振り手振りで説明するオルガの話は、時系列が前後したりひどく入り組んだりしていてエステルは混乱した。

「つまり、コルソン様と言い争いになり、家出をしてきたということですか？」

コルソンとはオルガの護衛騎士で、現在の彼女の夫だ。

カレルを当て馬にしてまで結婚したかった、オルガの想い人。

そこまでして結ばれたというのに、どうして仲違《なかたが》いなどしてしまったのだろう。

気になるがそれをエステルが質問することは躊躇われた。

オルガは『ほんの些細なことで』と言っていたが、それに対して判断をするのは難しい。エステルは気になったことを尋ねてみることにした。

「失礼ですがオルガ様、少しお尋ねしてもよろしいですか？」

「なにかしら」

エステルとの会話や質問が特に気に障ることもないようだ。

内心で安堵の息をついてから口を開く。

「長旅をされたにしては手荷物が少ないように思いますが、荷物はどちらかにお預けですか？」

オルガは供を随行させていないことはもとより、旅行かばんすら持っていない。

ただマントと小さなポシェットのみを手にしている。

どこかに供を待たせているか、荷物を預けたのでなければ不自然だ。

随行員を呼び寄せるか荷物の引き上げが必要だろうと考えを巡らせていると、オルガは軽い調子で答えを返す。

「ああ。供なんていないし、荷物はこれだけよ」

どういうことだろう、と眉を顰めたエステルに、オルガは当然のように言い放つ。

「着替えは一度脱げば宿に置いてくるし、新しいものを買えばいい。馬車を乗り継いでくるのに特に苦労はなかったわ」

「……っ、よく……ご無事で……っ」

エステルはたくさんの言葉を喉に閊えさせながらも、なんとか飲み込んだ。オルガはエステルの予想以上に大胆で楽天家であるらしい。

(これでよく国境を越えたわね。それに理由が夫婦喧嘩とは)

喧嘩の理由はわからないが、よほどのことがあったのだろう。

「まあまあ大変だったけれど、わたくしは元王女。どうということはないわ」

優雅にカップを傾けるオルガの様子に感心する。王女としての矜持《きょうじ》を忘れていないのだ。

「それよりもカレルは？　屋敷にはいないの？」

「申し訳ございません。今日は王宮で重要な会議に出席しております。お急ぎであれば使いを出します」

すっと立ち上がったエステルだったが、オルガはいいのよと手をひらひらと振る。

「まさかわたくしが舞い戻ったから早く戻ってこいなどとは言えないでしょう？　戻るまで待つから気にしないで。それより少し休みたいわ」

カップを置くとオルガがふわぁ、と欠伸《あくび》をした。

口許を隠す手が小さくて可愛らしかった。

「お気遣いいただきましてありがとうございます。ではすぐに部屋を用意させます」

マヌエラを手招きして客間の準備を頼むエステルは、ふと考えた。

(女主人の部屋を空けたほうがいいかしら?)

オルガが元々使っていた部屋の方が落ち着けるかもしれない。

だが、もしかすると他の人間が寝たベッドなど、と気分を害する可能性もある。

なにせオルガは一度脱いだ服は着ない主義。

結局エステルは考え抜いた末に最上位の客間を準備するようにマヌエラに頼んだ。

ボーナが既にセッティングをしていたようで、部屋の準備はすぐに整った。

その頃にはもう眠さに拍車がかかったらしいオルガは、マヌエラとボーナに支えられるようにして応接室を出ていった。

「はあ……驚いた」

エステルはどさりとソファに腰を下ろすと、背凭れに寄りかかり天井を仰ぐ。

思ったよりもずっと緊張していたようで、エステルは肩で息をついた。

(まさか顔を合わせることになるとは思わなかったわ)

カレルから話を聞いたときには、オルガのあまりの所業に好きになれないとプンプンしていた。

しかし実際に会うと、向こうはエステルに抵抗がないのか普通に話してくれているし、王族のわりに砕けていて鷹揚な態度は好感が持てる。

(他国の王族相手に思うことじゃないけれど)

エステルは瞼を押さえた。

これからやることを素早く洗い出して、執事やボーナと情報を共有しなければならない。

「――よし」

エステルは勢いをつけてソファから立ち上がると、両頬を軽く叩いて気合を入れた。


オルガが空腹だろうということで、いつもより早く夕餐《ゆうさん》を摂ることにした。

可能ならばカレルの帰りを待ちたかったのだが、いつ帰るかわからない人を待って賓客《ひんきゃく》を待たせるわけにはいかない。

屋敷の料理人はオルガの好みを把握しているのでやりやすかった。

特に大きな問題もなく、意外なほど和やかな夕餐にエステルはホッとする。

控えの間に移動して、オルガが好きだというワインを嗜んでいると、オルガの口はどんどん滑らかになる。

「コルソンはわたくしが小さい頃からずっと一緒でぇ……」

酔いの回ったオルガはとろんとした視線で頬を赤らめ、夫のことを愚痴り始めた。

詳細は知らないが、長く温めた恋なのだとエステルは判断した。

「そうなのですね、素敵ですわ」

「うふふ、そうなの。コルソンは本当に素敵なの……でもね」

オルガの細く白い首がガクンと落ちた。

そのまま頭がもげてしまうのではないかという勢いに、エステルはビクリと身体を強張らせる。

「堅物でね、お願いしても手も握ってくれないの……エスコートしても全然甘くないの……っ」

声が細かく震えている。

泣き上戸なのかとエステルが身構えたとき、オルガが顔をエステルのほうに向けた。

「わたくし、こぉんなに美しいのに……っ」

「さ、左様ですね」

エステルは笑顔が少し強張ってしまっていることを自覚した。

オルガは自らの容姿や立場を冷静に判断できる人物らしい。下手に自己肯定感が低いとなにを言っても逆効果ということもあるが、彼女はその限りではないということだ。

「それはもしかして、照れていたのではないでしょうか?」

ゆったりと間を取りながらエステルが口にした言葉を、オルガはきょとんとした顔で聞き返した。

「照れて……?」

「ええ。オルガさまがあまりに美しく高貴であられるので、自分が触れてもいいのだろうかと思っていたのでは」

それを聞いたオルガの頬がみるみるばら色になっていく。

まるで大輪の花が綻ぶような美しさだ。

「言われてみればわたくしを見て眩しそうに目を細めたり、手を伸ばしかけて躊躇ったりしていたわ！　あれが……そうなのね！　わたくしが美しすぎて……！」

（わ、わあ……。羨ましい……）

エステルは首肯しながら自分もオルガの半分でも自信があればと思う。エステルも自己肯定感が低い方ではないが、カレルを前にすると自分がいかに小さな存在か、と思う時がある。

「ねえ、エステルはコルソンに会ったことがないのにどうして彼のことがわかるの？」

オルガの瞳はキラキラと輝いていて、とても眩しい。エステルはコルソンの気持ちがよくわかる。

「それは、わたしも同じだからです。コルソン様にとってのオルガ様が……わたしにとってのカレル様だから」

美しく高貴で、人の心を掴んで離さない魅力がある。

まさに選ばれた人間なのだと、率直に感じる。

「なるほどね。確かにカレルはわたくしと似ているところがあるわね。だから彼はわたくしの我儘を許してくれたのだと思うわ」

オルガの我儘——その最たるものが、コルソンへの当てつけにカレルと結婚したことだろう。

結婚後もカレルがオルガを大事に扱っていたのは知っている。

「そうですね……カレル様はお優しいので、きっとオルガさまのお力になってくださいますわ」

きっとそうだろう。エステルは自分で言いながらもどこか寂しい気持ちになった。

（いやだ、嫉妬かしら。そんなつもりはなかったのに、胸が苦しい）

そっと胸に手を当てると、オルガが不思議なことを言う。

「優しいのとはちょっと違うと思うわ。だってカレルは紳士だけど、ここまでという線を引いていて、決してそれを越えることはなかったもの」

「……線、ですか？」

よくわからなくてエステルは首を傾げる。

どちらかといえばカレルは線を飛び越えてグイグイ来ていたような印象だからだ。

「そう！　蔑《ないがし》ろにはしないけれど、仲良くはならない感じ……まあ、わたくしに原因があるのだろうけれど」

視線を逸らして、唇を尖らせるオルガは美しいうえに可愛らしい。

（これほどの美女を前にして、カレル様は恋をしなかったのかしら？）

いや、しないはずがない。同性のエステルだってドキドキするのだ。

好みではなくても、ぐらりと気持ちが揺らぐことがあったに違いない。

（まあ、そこは自制心が強いということ……ん？）

エステルはこれまでのことを思い起こし、赤面する。

自制心が強いというよりは始終緩い感じではなかったかと思ったのだ。

（もしかして、わたしの前では……そうなのだとか？　気を許してもらっている……？）

驕《おご》った考えだとすぐ首を振るが、あながち間違いではないような気がして、エステルは口の端がにょっと上がってしまう。

「だからあなたも、カレルのそういうところが不満なのではないかしら？」

オルガはぐっと前のめりになってきた。これは同意を求めている顔だと気付く。

（王族の方でも、恋の話は好きなのね）

エステルはニコリと微笑む。

「いいえ、カレル様に不満などありませんわ。わたしのことを気遣って大事にしてくださいます」

好きでいていいと言われているし、これ以上望むことはない。

オルガはその返答が不満だったようで眉を顰めている。そこへバタバタと騒がしい音が聞こえてきた。使用人すら優雅さが行き届いている別邸でそんな無作法なものはいない。

だが、魂消《たまげ》るほどに慌てているならば、その限りではないだろう。

「……っ！」

勢いよく応接間のドアが開け放たれ、珍しく息を切らしたカレルが現れた。

「カレル様、お帰りなさいませ」

立ち上がり傍《そば》によると、カレルは低い声で恨めしそうに唸る。

「ただいま、エステル。……オルガ王女、どうしてここに」

「お邪魔しているわ」

ごく軽い調子で再会の挨拶を口にしたオルガに、カレルはがっくりと項垂《うなだ》れた。

「王女殿下、まさかエステルに余計なことを言ったのではないですよね？」

ため息をつきながらエステルの隣に座るカレルは、いつもよりも少し刺々《とげとげ》しい。なぜか居心地の悪さを覚えたエステルが尻をもぞもぞさせて座る位置を少しずらす。

ちょうど拳ひとつ分くらい離れたが、なぜかカレルがその隙間を埋めるようにずれてきた。

「余計なことなど言ってないわ。楽しく淑女のおしゃべりをしていただけよ」

「……」

あまり優雅とは言えない視線で睨みつけたカレルがエステルの方を向く。

エステルは驚いて肩をすくめる。

「エステル、おかしなことをされてない？」

膝の上でそろえた手を握られそう問われるが、エステルは返答に困ってしまい言葉を詰まらせる。

（カレル様、苛ついている……？　仮にも王女様への態度にしてはあまりにざっくばらんでは？）

使用人にもこんな風には話さないのにと訝しんでいると、オルガが目を眇めて笑った。

「ふふ、麗しの貴公子カレル・ヴァルヴィオも妻の前では形無しということ？」

多分にからかいの混じるオルガの言葉にカレルは片眉を跳ね上げた。

「いくら王女殿下とはいえ、妻にちょっかいを出したらいい顔をしてあげられません」

「あああ、あの全然そんなことはないですよ？　楽しくお話させていただいていました」

フォローしようとエステルが発言するが、それに乗っていたオルガがまた余計な一言を発する。

「そうそう、夫について相談を少々ね」

「相談？」

カレルの眉がもう一段階上がる。

（絶対誤解をしているわ……！）

どうしてこの二人はこんなに険悪なのかと考えながら、どうフォローしようかと考えを巡らせていると、エステルの手を握っているカレルの手に力が籠る。

「相談ならどんなことでも私にしてくれ、エステル。私は君の夫なのだから」

真剣な眼差しで顔を近付けてくるカレルの気持ちは嬉しいが、そうではないのだとエステルは内心天を仰ぐ。

いつも冷静なカレルは、どうしてかオルガの前では事情が違うようだ。

（留学していたときも交流があったのでしょうし、わたしよりも長く時を共にしていたはず。気心が知れているということなのよね）

ほんの少し寂しい気持ちになったエステルは、オルガの言葉で意識を引き戻された。

「カレル、あなたってなかなか難しい男なのねぇ……」

からかいの混じったオルガにカレルが言い返そうとしたとき、グイドが待ったをかけた。

「落ち着いてくださいカレル様」

仕切り直しということで、カレルのグラスが用意され、応接間はちょっとした酒宴になりつつあった。オルガがいるために、どんどん豪勢になっていくのだ。

「それで、わたくしはいつまでもコルソンの中では小さな姫なのよ」

「まあ、それはそれは……」

「……」

親身になって相槌《あいづち》を打つが、カレルは無言でワインを呑み干す。

カレルの方がコルソンのこともオルガのことも知っているのだから、気の利いた助言でも言ってくれればいいのに。エステルはそう思いながらも隣に座るカレルの様子を横目で見る。

正確な表現ではないかもしれないが、カレルはどこか拗《す》ねたような雰囲気で酒を呷《あお》っていた。酒に強いカレルのことだから潰れたりはしないだろうが、エステルは心配になって小声で話しかける。

「カレル様、なにか軽食でもお持ちしましょうか?」

あの慌てぶりから、恐らく食事をせずに応接間に来たのではないかと考えたのだ。

「いや、早く終わらせてしまおう」

そう言うとカレルは視線を上げてオルガにまっすぐに向き直る。

「オルガ王女、あなたはまだコルソンとそんな風にグダグダやっているのですか?」

「ひえっ⁉」

ズバンと切り込んだカレルの横顔は冷静に見えるが、もしかしたらかなり気分を害しているのかもしれない。優雅で品行方正な貴族の鑑《かがみ》と言われるカレル・ヴァルヴィオの姿はここにはなく、あるのは辛辣で敏腕な次期宰相としてのカレルだ。

「だって、コルソンは本音を言ってくれないのよ」

オルガは下を向いて肩を竦める。

それがとても心細そうに見えて、エステルは思わず肩を抱いて寄り添ってあげたい気持ちになる。

「だから言ったでしょう。あいつはひと筋縄ではいかないと。もっと騎士の矜持などぶち壊すくらいのことをしないと」

（あわわ……カレル様……大丈夫なのですか？）

他国の王女の夫婦関係にこれほどまでに深く切り込んでいいのだろうか。エステルは思わずカレルの侍従のグイドを見る。彼はいつもと同じように澄ました顔で静かに立っている。

（あ、もしかしてお二人の会話はこれが普通……？）

カレルがすこし乱暴に感じるこの雰囲気が二人にとって心地よいテンポなのだろう。

ならばやきもきしても仕方がない、とグラスを手に取ってワインを口に含む。

エステルの好きな軽やかな風味が口の中に広がるのに、どこか苦く感じる。

「だって、喧嘩と言っても、一方的にわたくしが大声を出して、コルソンが黙って聞いていて……」

「それで都合が悪くなったオルガ王女が癇癪《かんしゃく》を起して部屋を出て終了、なのでしょう？」

見てきたようにカレルが言うと、オルガ王女は力なく頷く。

「好きで、大好きで無理を言って結婚してもらったのに。護衛騎士としていたときと全然変わらなくて……なんならもっと距離が開いてしまったようで……」

オルガ王女がドレスのスカートをぎゅっと掴む。拳がぶるぶると震えている。コルソンとのことを思い出して動揺しているのだろう。

エステルは立ち上がってオルガの足元に膝をついて、その拳を両手で包みこむ。

「王女殿下、そんなに思い詰めないでください。殿下のような愛らしいかた、好きにならない人はいませんわ」

「エステル……」

オルガの声は湿っている。長いまつ毛には我慢していた涙で濡れていた。

「でも、コルソンは……わたくしが好きって言っても、好きって返してくれなくて……っ」

「ふふ、照れ屋さんなのですわ。きっと心の中で『私も王女様が好きです』って思っているはず」

エステルはそのコルソンを知らないが、結婚したのだから嫌いではないだろう。

（ま、まあ……国王陛下からのお下知なら断れないかもだけど、でもオルガ王女を娶《めと》れるなんて幸運はめったにないことのはず）

「でも、抱きしめてくれなくて……」

「こんなに華奢な王女様ですもの。壊してしまいそうで躊躇っているのですわ」

ふたりの様子をじっと見ていたカレルが大きなため息をつく。

「王女はコルソンに不満ばかりを口にしているのではないですか？」

「え？」

雷に打たれたようにオルガが伏せていた顔を上げる。

その顔は真っ青だ。

「心当たりがあるようですね。『どうして好きって言ってくれないの！』『どうして抱き締めてくれないの！』と声高に詰《なじ》っているのでは？」

言い返せずに言葉に詰まってしまうオルガの様子から、彼女のコルソンに対する態度はカレルの言う通りなのだろう。

「う……っ、酷い、全然優しくないわ、カレル！」

憤りをクッションにぶつけるオルガにエステルは慌てるが、カレルは冷静そのものだ。

「ひどくありません。追い出さないだけで十分優しいではないですか」

オルガの大きな瞳からとうとう大粒の涙が零れた。

「だって、だって……っ」

しゃくりあげるオルガをエステルが慌てて抱きしめる。

「カレル様、配慮が足りません！」

「エステル……」

カレルを窘めたエステルは、夫の表情を読んで眉を顰めた。

（どうして『なぜそちらの味方なんだ？』という顔をしていらっしゃるの？）

確かにエステルは誰よりカレルの味方だ。愛しているのだからそれは間違いない。しかし泣いているオルガを放っておけるほど薄情でもないつもりだ。

「オルガ王女、王女だってちゃんとわかっていらっしゃるのですよね？　でも、思っているようにできないこともありますものね……」

「エステルぅ……っ」

感情が昂《たかぶ》ったオルガはエステルに抱き着いてしゃくりあげる。

さすがにカレルはやりすぎたことを自覚したのか、苦い顔をした。

「さあ、オルガ様お部屋に参りましょう。お疲れなのですわ」

「ううっ、エステルぅ……、一緒に来て……」

エステルの腕をしっかりと掴んだオルガにカレルがぎょっとするが、エステルは慈愛の女神のごとき笑みを浮かべてオルガの背中を撫でる。

「もちろんですわ、オルガ様。さあ、参りましょう」

言葉を発することもできずに立ち尽くすカレルは見た。

涙を流しながらもチラリとこちらに視線を寄越したオルガの、勝ち誇ったようなドヤ顔を。

「……前から思っていましたが、カレル様とオルガ様は似た者同士なのですよ」

女性二人が去った後の応接室で、グイドは小さくため息をつく。

彼はオルガとカレルが結婚していたときのことを思い出している節があった。

「王女と私の、どこが似ていると」

底冷えするような冷たい視線で自分の侍従を睨みつけるカレルは、八つ当たりであると自覚があるようですぐに視線を逸らす。

「昔から泣く子と権力者には敵《かな》わないと申しますしね。オルガ様は両方の条件を兼ね備えておりますし……」

「はぁ……、別に王女のことはどうでもいいが、エステルに狭量な男だと思われるのは耐えられぬ」

がっくりと肩を落としたカレルに、追い打ちが掛けられる。

「奥様はオルガ様のお味方のように見受けられましたが」

「……」

今度こそカレルは撃沈した。


身分の高い人物のために誂《あつら》えられた客室で、オルガははらはらと涙を流した。

「わかっている、自分の山より高いプライドのせいでこうなっていることくらい、わたくしにもわかっているのよ」

手渡したハンカチが涙を吸って、あっという間にびしょびしょになってしまった。

エステルはマヌエラから厚手のタオルを受け取ると、オルガにそっと差し出す。

「オルガ王女は聡明《そうめい》な方です。すべてわかっているのですよね？」

わかっていても実行できない自分に嫌気がさして、ここまで来たのだろう。

タオルを受け取ったオルガはそれを顔に押し当てて呻く。

「ううう、わかっているわ。でもどうしても素直になれなくて……一度コルソンから離れて頭を冷やそうとしたのだけれど」

グスグスと鼻をすすりながらオルガは言う。

オルガは病で死んだことになっているので、母国ヴリルテア王国に戻れない。

もちろんカレイドクス国に来るのも危険だが、母国よりは顔が割れていないと踏んだのだろう。

「……ヴリルテアに帰ったらきっとお父様に『そら見たことか』と呆れられてもう二度と外出は許されないだろうし」

オルガ王女を溺愛しているヴリルテア国王ならばあり得る話だ。

「では、危険を冒してカレイドクス国に来るよりは、どこか宿でもとって……」

夫婦喧嘩のたびに国境を越えていては、いつか大変なことが起きてしまいそうだ。

ここに無事に辿りつけたのも、奇跡だろう。

「それだと話を聞いてくれる人がいないじゃない！　わたくしは……誰かに聞いてほしかったのよ……！」

再び涙を浮かべたオルガを見て、エステルは肩を抱き寄せて抱きしめた。

「エステル……？」

「わかりますわ、そのお気持ち」

落ち着いた灰色の瞳に見つめられたオルガはすっかりエステルに気を許したらしい。

それから思いつく限りあらゆることを話した。

コルソンのことも、ヴァリルテア王国のことも、カレイドクス国で過ごした日々も。

その流れでエステルに真摯に謝罪をした。

「わたくしが我儘を言わなければエステルはカレルの一番の妻になれたのに……カレルをわたくしの事情に巻き込んで申し訳ないことをしたわ」

ぎゅっと手を握られた手は指先が冷たく、緊張しているのがわかった。

（王族の方が謝罪をすることなんてないだろうに……オルガ王女は変わろうとなさっているのね）

エステルはオルガの勇気を感じて、心が温かくなった気がして目を細めた。

「順番なんて関係ないです。むしろオルガ王女とのことがあったから、わたしが結婚できたようなものなのです。わたしはオルガ王女に感謝しているくらいですわ」

契約結婚の子細を詳《つまび》らかにすることはできないが、エステルはそう言って微笑む。

幸いにもオルガはそれ以上突っ込んで事情を聞いてこなかった。

安堵したエステルだったが、眠りにつくまでここにいてほしいと潤んだ瞳で見上げられ、それを了承したことを少し後悔した。

（……動けない）

ベッドに入ったオルガは隣にエステルを座らせ、その腰に抱き着いて眠りについた。

「小さい頃は……こうして、お母さまと一緒に……よく眠ったわ……」

詳しくは知らないが、いくら大人でも周囲に知り合いがいない環境での生活はオルガにとってかなりの負担になっていたのだろうと推察する。

不敬かと思ったが、エステルは自分が母にしてもらっていたように、そして長じてから妹たちにしていたようにオルガの髪を優しく梳いてやる。

オルガはくすぐったそうに笑って、そして安心したように瞼を閉じた。

その呼吸がゆっくりになり、しばらくすると上下する胸の動きが穏やかになったことから深い眠りについたことを知った。

（ああ、よかった。少しは落ち着いてくださったみたい）

エステルとオルガが話している間も、ボーナやマヌエラが密やかに立ち働いた。

灯《あか》りを細くしたり安眠によいとされる香を焚《た》いたり、水差しや果物をさりげなく置くと、あとは寝入るのに邪魔にならないように部屋の隅で気配を殺していた。

（本当に別邸のみんなは有能ね……）

人の気配を最小限にしつつやるべきことはしっかりとこなしている。

（さて、わたしもそろそろ……）

オルガを起こさないようにそっとベッドから降りようと身体を動かしたエステルは、予想外に拘束する力が強いことに気が付いた。

「ん、……あれ？」

身体を捻って見てみると、オルガの指はがっちりと組み合わせられおり『絶対に逃がさない』という揺るぎない意思が感じられた。

ボーナとマヌエラに視線で助けを求めると、ふたりは静かに寄ってきて眉を顰める。

「これは……無理に手を解いたら起きるやつですわね」

「ええ、うちの子もそうだったわ」

マヌエラとボーナは頷き合い音もなく動くと、あたたかな毛布を持ってきて、エステルの肩にふわりと掛ける。

「本日はここで休みください、奥様」

「え、ちょっと嘘でしょう？　王女様と同じベッドでなんて眠れるわけがないわ……！」

泣きそうな声でそう囁くが、ボーナは重苦しく首を振った。

「大丈夫です。王女様は奥様のことを大層お気に召したようですし……問題は旦那様です」

「カレル様が？　なぜ？」

エステルが眉を顰めた。

寝ている間に失礼があっては外交問題だとでも言われるのだろうかと考えていると、ボーナはゆっくりと首を振った。

まるでエステルの考えを見抜いたようである。

「奥様と一緒にお休みになれないことを知ると荒れるのではないかと思いまして」

真面目な顔でそう宣《のたま》うボーナに、思わず大きな声で反論しそうになったエステルはオルガが腰に引っ付いていることを思い出し、慌てて口を噤む。

「そっ、……それは杞憂《きゆう》よ。とりあえず、王女様も本格的に眠ったら手が外れるだろうから、それまでここにいるわ」

待たずに眠ってもらうようにとカレルに伝言を頼んだエステルは、退室する二人に手を振って見送った。

（ふう……、今日はいろんなことがあったわ）

オルガが別邸に来てからまだ一日も経っていないというのに、もう何日も彼女といるような錯覚を覚える。

たくさん話をしたせいだろうが、良くも悪くもオルガの存在は強い。

カレルは不本意な結婚だったからだろうか、オルガのことをあまりよく思っていないようだったが、エステルはそれが不思議だった。

（カレル様なら以前のことは水に流して、ヴリルテアとのパイプが太くなると喜びそうなのに……でも、結婚は人生でも大事なことだもの。政治や外交に利用されたくはないと思うのは普通だわ。きっと理想の結婚の形があるのだわ……）

そこまで考えたエステルは、違和感を覚える。

なにかがそぐわないような気がしたのだ。

（なんだろう……なにが……）

しかしエステルの思考には次第に白い靄《もや》がかかり始める。

それが睡魔だと気付いたと同時に、エステルの身体は眠りの縁を滑り落ちていく。

（ああ、待って、もう少し考えさせて……）

誰に懇願したのかわからないが、エステルのその願いは香炉から漂うラヴェンダーの香りに紛れて途切れた。


翌朝気まずい顔でオルガと共に食堂に現れたエステルは、どこか険しい顔をした夫と対面した。

「おはようございます、カレル様」

「ああ、おはよう」

いつもなら使用人に仲の良さを見せつけるように抱き寄せてキスをするのに、今朝はそれがない。

エステルの腰に手を回すオルガの姿があるからだ。

「おはようカレル、いい朝ね」

「……左様ですね」

オルガは昨日の泣きっぷりが嘘のように元気はつらつとしている。

彼女の不安定さは恐らく睡眠不足もあったのだろう。

馴染みのある別邸でゆっくり眠れたのがよかったらしい。

「エステル、今日はなにをしましょうか！」

「え、と……そうですねえ」

オルガの言葉にエステルはどう反応していいか迷った。

今日の予定はあるが、それは最悪キャンセルしても大丈夫な内容だ。

しかしカレルの考えを無視して話を進めることは躊躇われる。

ちらりと夫の方を見ると、カレルは無表情でこちらを見ている。

「オルガ王女、昨夜のうちに早馬を出しました。早ければ二週間程度で迎えが来るでしょう」

現在オルガとコルソンが暮らす国は、馬車だと片道十日、馬で七日程度かかるだろう。

カレルは連絡を受けたコルソンは早馬と同じく、単騎で駆けてくると考えているらしい。

それならばこちらからの知らせが走り詰めで一週間、コルソンがこちらに到着するのにもう一週間
というわけだ。

しかしそれはコルソンが早馬の知らせを受けてすぐに出立した場合だ。

実際は準備に時間がかかることも考えられる。

（それにきっと向こうもオルガ王女様のことを捜しているに違いないわ）

連絡が行き違いになってしまったらそれこそ大変だ。

気遣わしげな視線をオルガに向けるが、当の彼女はあっけらかんとしている。

「そう、わかったわ」

「……」

カレルはピクリと片眉を上げると視線を手元に戻す。どうやら機嫌が良くないらしい。

（こんな雰囲気で、カレル様とオルガ王女の結婚生活って、どんなだったのかしら）

エステルはオルガと並んで食事をとりながらそんなことを思っていた。


待つには二週間は長い。

エステルはオルガをひとり残して出掛けることもできずに、屋敷にこもりがちになった。

オルガはカレイドクス国では病で亡くなった悲劇の王女ということになっているため、出掛けることができないからだ。

（まさか王女様を置いてわたしだけ出掛けるわけにはいかないし）

対外的には少し具合が悪いのだと言い訳をして、エステルはオルガと過ごした。

幸い別邸の敷地は広く、裏山はちょっとしたピクニック気分を味わうことができる。

あまりこのようなことに縁がなかったのか、オルガは嬉々《きき》として裏山を歩き回った。

エステルとマヌエラ、そして警護として三人のヴァルヴィオ公爵家の騎士を従えたオルガはいまや弁当のメニューにも口を出すほどになっていた。

「奥様、この屋敷の女主人は奥様なのだということをお忘れではないですよね」

じとっとした眼差しのマヌエラがぼそりと耳打ちしてくるのを、エステルは笑顔で躱《かわ》す。

もちろん忘れたわけではない。

自分はカレルの妻で、この屋敷の女主人だ。

前妻といえ、全権をオルガに明け渡したつもりは毛頭ない。

「でも、オルガ王女はヴリルテア王国の王女でいわば貴賓でしょう？　敬《うやま》うのは当然だしそれ相応の扱いというものがあるじゃない」

貧乏男爵家出身の自分とは優先度が違う。

その証拠にカレルは三人の護衛をエステルにではなくオルガに付けた。

決して目を離してはいけないと言明したのを聞いたから間違いない。

（別にそんなことで拗ねるような子供ではないけれど）

エステルが視線を上げると、前を行くオルガが弁当の入ったバスケットを持ってみたいと言って護衛を困らせている。

年上である彼女に対して不敬かもしれないが、その様子が天真爛漫《てんしんらんまん》で微笑ましいとすら思う。

「オルガ様が気持ちよく別邸に滞在できるように尽くしたいの」

「……仰せのままに」

その声は不貞腐れていて唇も尖っていたが、マヌエラはエステルの気持ちを汲《く》んで押し黙る。

料理人が作ってくれたランチをぺろりと平らげると、デザートに持ってきたブドウを所望したオルガは誰よりも楽しんでいた。

「美味しいし、楽しい！　どうしてここにいる間にこんな楽しいことをしなかったのかしら！」

オルガが首を捻るのを、エステルは危うげに見つめた。

（与えられる環境に慣れさせられていたのかも……）

王女ともなれば本当であれば、母国から侍女も使用人もたくさん従えて輿入れして来てもいいはずだ。それを最小限にしたのは、偏《ひとえ》に『本当に結婚する気がなかったから』に尽きる。

大勢の侍女を伴えばそれだけ大仰になってしまい、『やっぱり嘘なの！』というわけにはいかないだろう。

結局後戻りできず嫁いできて、想い人ととんでもない着地の仕方をしたオルガはあらゆる意味で規格外なのだろう。

「知らなかったことはこれから知ればいいですし、やりたいこともこれからたくさんできますよ」

微笑んだエステルをじっと見たオルガは、花のような笑みを浮かべた。

「わたくしはエステルのことを姉妹のように思っているのだけれど、あなたはどう？」

「ごほ……っ、し、姉妹ですか？」

あまりに恐れおおくてエステルはブドウをのどに詰まらせる。

慌ててマヌエラが背中をさすってくれたが、衝撃はただ事ではない。

「オルガ様、そんなことを考えていらしたのですか？」

浮かんだ涙をハンカチで拭いながら尋ねると、オルガは勿論、と大きく頷く。

「本当はカレル妻の会が正しいと思うけれど、わたくしはもうコルソンの妻だし、外聞が良くないでしょう？」

その名称はやめて正解だ。エステルは護衛が青い顔をしているのを見て唸る。

「ううん、親近感を持ってくださっているのは、純粋に嬉しいです」

「エステルは優しくて思慮深くて素敵な女性だと思うわ。カレルと末永く幸せになってほしい」

言祝《ことほ》ぐオルガの神々しい様子に、エステルは見惚れてしまうのだった。


順調にオルガとの親交を深めているエステルだったが、カレルの機嫌は反比例してわかりやすく下降線を辿っている。

なにしろオルガは客間でエステルと一緒に眠るのだ。

オルガ曰く『エステルと一緒だとよく眠れる』からだと言うが、カレルにしてみれば毎夜共寝をしていた妻を文字通り寝取られたに等しい。

今夜もエステルとオルガを見送るカレルの視線が凍えている。

もちろんエステルもその辺りは配慮して、今夜は夫の寝室で眠ろうと思うとオルガに伝えた。

しかし『コルソンが迎えに来たらしばらく会えないというのに……姉妹とずっと仲良しでいたいというわたくしの願いを叶えてほしい』と目を潤ませられると、どうにも弱い。

結局オルガが別邸にやってきて十日目も、エステルはオルガと一緒に眠っているのだった。

翌朝、なにやら騒がしい様子に目が覚めた。

表でなにやら騒ぎが起きているようだ。

（なにかしら……）

エステルは窓際によってカーテンの隙間から前庭を見下ろすと、馬を引いた人物が門の前でなにやら声を上げているようだ。

なにを言っているのかまではわからないが、責めるような雰囲気はただ事ではない。

エステルの脳裏にもしかしてコルソンではないかという考えが浮かんだが、それにしては到着が早すぎる。

なにか別の諍いなのかと眉を顰めると、客間のドアがノックされた。

「奥様、起きていらっしゃいますか」

声でボーナだとわかったが、いつもよりもかなり気を張っているようだった。

オルガを起こさないようにそっとドアを開けると、神妙な面持ちのボーナが囁く。

「表にコルソン氏がお見えです」

「え……、本当に？」

早すぎるオルガの迎えだった。だが、事態はそれだけでは済まない。コルソンはカレルをオルガ誘拐に関わる極悪人だと騒ぎ立てているというのだ。

「どうしてそんな……」

顔を青褪めさせると、ボーナは無表情のまま口を開く。

「オルガ様が理由も告げずに家出したからでございます。普通高貴な女性の姿が見えなくなった場合、最初に疑うのは家出ではなく誘拐ですから」

エステルは青褪めた。

「カレル様には？」

「既にグイドが知らせています。できれば奥様も……オルガ王女とご一緒に来ていただければ」

できればというが、本心では今すぐにでもオルガに出ていってコルソンを止めてもらいたい気分なのだろう。

ボーナの苦り切った顔からエステルはそう読み取った。

「もちろんよ。着替えを手伝ってちょうだい」

ドレスルームに走っていったボーナを見届けるとエステルはベッドにしどけなく横たわるオルガの肩を揺すった。

「オルガ様、……オルガ様。コルソン様がお出《い》でになったようです」

「ん、うんん……、え？」

まだ夢うつつを彷徨っているオルガだったが、コルソンの名を聞いて目が覚めたようだった。

最低限の身だしなみを整えて階下へ繋がる階段を下りていると、玄関ホールで声がする。

「オルガ様をかどわかすなど、貴公はなにを考えているのだ！」

「早馬に持たせた文を読みましたか？　オルガ王女が単身カレイドクス国にやってきたのを我が家で保護しているだけです」

聞いたことのない雄々しい声は、恐らくオルガの想い人で夫のコルソンだろう。オルガの容姿から、コルソンも線の細い美男子だと思っていたがそうではないようだ。

マントに包まれた体躯《たいく》は厚い筋肉で覆われている。腕などまるで大木の幹のようだ。

「コルソン……っ」

隣で感極まったような声が絞り出される。オルガの大きな瞳があっという間に涙で潤んだ。

「コルソン……っ！」

耐え切れなくなったのか、オルガが駆け出す。

階段で走っては危ないと制止しようとしたが、こんな時、恋する乙女を止める術はあるだろうか。

いや、ない。

オルガの暴走に気が付いたのか、コルソンが階段に駆け寄って両手を広げる。

大いに盛り上がる場面だが、今にも階段を蹴って愛する者の胸に飛び込もうとするオルガを、エステルは必死に止めた。

「オルガ王女様、どうか、気を確かに……！」

危険すぎる！　と青い顔で止めるエステルに気が付いたオルガはすんでのところで我に返り、階段を足早に下りる。

「オルガ様！」

「コルソン……！」

階段の下で二人は抱き合った。

事情を知らない者が見れば感動的な場面だが、エステル以外の人間は些か白けた様子だ。事実だけ並べると、オルガもコルソンも別邸に問題を持ち込んだお騒がせな人物だからだろう。

これでめでたしめでたし、と思っていたエステルだったが、コルソンはオルガを抱き締めた腕を解くと、厳しい顔でカレルを睨みつける。

「カレル・ヴァルヴィオ、私は貴公を許すわけにはいかない……！」

「ちょっとコルソン、なにを言っているの？」

慌てた様子のオルガが釈明しようとするが、コルソンは「離れていてください」と王女を遠ざける。

明らかな殺気を漲《みなぎ》らせた彼は、視線をカレルに固定している。

「気が合うな。私も君のような間抜けはちょっと許せないと思っていたのだ」

なぜかカレルはコルソンを挑発し返すようなことを言い、髪を後ろに撫でつける。

身支度をきちんとしないうちから、コルソンの対応をしていたのだろう。

いつもとは違う、乱れた前髪が緊迫した場に不釣り合いなほど色気を添えていた。

「間抜けだと？　私を愚弄するのかっ」

「ああ。あれこれ言い訳ばかりして結局妻の手を離してしまった愚か者など、愚弄されても仕方がないだろう？」

語尾に笑いが混じるカレルの言葉に、コルソンが奥歯を食いしばったのがわかった。

もし今怒気が見えていたら、恐らくコルソンの大きな体全体を覆う炎のようなものが見えたに違いない。

エステルはごくりと喉を鳴らした。

これは話し合いで終わらないのではないかと思ったのだ。

(それにしてもカレル様、どうしてわざわざ挑発するようなことを仰《おっしゃ》るのかしら)

夫の考えていることがわからないまま、エステルはオルガの肩にショールを掛けて抱きしめる。

「大丈夫です、すぐに誤解が解けますから」

オルガを安心させようと、精一杯明るい声を掛けたエステルだったが、オルガの一言で自分が見当はずれのことを言ったのだと思い知る。

「ああ、コルソン……わたくしのために……っ」

「……」

恋する乙女よろしくうっとりとしたオルガに、エステルは思わず眉を顰めてしまうのだった。

空気感の違う妻たちとは一線を画し、カレルとコルソンを取り巻く空気は冷たく凝っていく。

コルソンの目は血走り、ギリギリと奥歯を噛みしめる音すら聞こえるようだった。

「貴様……っ」

本来のコルソンは控えめな人物だ。

身分差を誰よりも弁《わきま》えている。

それゆえオルガとの結婚を躊躇った。

しかしそれはオルガのことを想っていないというわけではない。

むしろオルガを愛しているが故に結婚するべきではないと考えた。

「剣を取れ、その鼻っ柱を叩き折ってくれる！」

「グイド、剣を貸してくれ」

剣を構えるコルソンから目を離さず、カレルが声を上げる。

エステルは護衛のグイドがいつものように冷静に窘めて、うまく事態を収拾してくれると思っていた。

しかしグイドは予想に反して腰に佩《は》いた剣を鞘《さや》から抜くとカレルに預ける。

「え……」

なにをしているの、おかしなことは止めて。

そう口にしたつもりが出ていなかった。

エステルが改めて声を発する間もなく、カレルに対峙していたコルソンが間合いを詰める。

切っ先が届く距離になり、丸太のように太いコルソンの腕が剣を振り上げた。

それは演武や寸止めなどという生易しいものではない。

明らかに命の灯を消そうとする気迫があった。

「……ひっ」

「……っ」

オルガが悲鳴を呑《の》み込むのを聞いたエステルは、素早く彼女の頭を胸に抱きこんだ。

悲惨な場面が脳裏をよぎったのだ。

（カレル……っ）

見たくないという気持ちに反して、エステルは目を反らすことができずにいた。

やけに動きがゆっくりと見える。

憤怒の表情をしたコルソンを前にしても、カレルはいつもと変わらぬ様子だ。

余裕すら見える表情で剣を構えると下から上へ円を描くように腕を振り、コルソンの剣戟《けんげき》を弾く。

ギインと耳障りな金属音がして、剣が交わったのだとわかった。

しかしただカレルだけを見ている分には気づかないほど、彼の剣には力が入っていなかった。

剣を弾かれたコルソンが驚愕《きょうがく》したように目を見開いたので、エステルはそれがすごいことなのだと知る。

「ふふ、噂に違わぬ剛剣だな」

カレルが剣を正面に構えた。

それはカレイドクス国の騎士なら最初に習う基本中の基本の姿勢。

剣は自分自身。

剣の切っ先まですべて自分と一体になったものである、という意味だと聞いたことがある。

エステルは剣技を習ったことがないため、言葉を知っているだけで本当の意味で理解しているわけではないが、カレルを見るとその答えが目の前にあるのだと思えた。

コルソンが体勢を整えて再び斬りかかってくる。

またしてもカレルを両断する気迫に満ちている。

しかし今度は恐怖に身体が硬直することはなかった。

(大丈夫……)

なぜだか、カレルが傷つくことはないという絶対的な自信がエステルにはあった。

袈裟懸《けさが》けに斬りかかるコルソンの剣筋を見切ったように最小限の動きでそれをかわすと、カレルは流れるように剣を振るう。

それはまるで花びらが宙を舞うように軽やかな動きで、剣を扱っているという緊張感とは無縁だった。

しかし対峙するコルソンは危機感を持っているらしく、険しい顔をしている。

(……コルソン様はヴリルテア王国で王族を守る騎士だったのよね？　かなりの実力をお持ちのはず。なのにカレル様に翻弄されている……？)

コルソンの動きは機敏で力強く、体格も相まっていかにも強そうだ。

それに対しカレルの体捌《さば》きは柔らかく速さはあるものの、それがイコール強さにはすぐに繋がらない。

戦っているという雰囲気は希薄で、どちらかと言えば優雅。

コルソンがいなければ本当に舞を舞っているように見えた。

しかしコルソンの裂帛《れっぱく》の気合は、僅かでも掠《かす》れば大怪我《おおけが》になるに違いない。

このままではどちらかが負傷するまで終わらないのではないかと思わせる、息の詰まる時間が続く。

(下手に手出しをしたり声を掛けたりしたら危ない気がする)

ふたりは攻守ともぎりぎりのところで戦っている。

集中力を先に乱したほうが致命的なミスを犯すことになるだろう。

「もうやめて」と叫び出したい気持ちをぐっと抑え、エステルは成り行きを見守った。

だが、胸に抱いたオルガはその限りではなかったらしい。

エステルの胸から顔を上げると大きく息を吸った。

いけない、と声を掛けるよりも早く、オルガはその高貴なる声で周囲の空気を震わせた。

「コルソン、負けないで！」

「……っ」

瞬間、コルソンの注意がカレルから逸れた。

瞬きするよりも僅かな時間だったが、その隙を見逃すカレルではない。

大きく踏み込んで剣を横に鋭く薙《な》いだ。

身体や手に当てず、瞬間的に強く剣に当てることで手の感覚を麻痺《まひ》させたのだろう。

「ぐ……っ」

コルソンが顔を歪めて剣を取り落とし、その眼前にカレルが切っ先を突き付ける――勝負あった。

「コルソン……っ」

オルガがエステルの腕をすり抜けて夫の元へ駆けだす。

どのような態度を取ればいいのか戸惑っている様子のコルソンの胴にしがみ付くと、オルガは幼子のように泣く。

「うわあん！！　無事でよかった……っ、コルソン～！」

「オルガ様……」

遠慮がちに眉を顰めるコルソンに、エステルは両腕を交差させる合図を送る。

そうしてからようやくコルソンはオルガの細い体に逞《たくま》しい腕を回して抱き締めた。

「やれやれ……」

「お疲れさまでした。お怪我は？」

剣をグイドに返して前髪を掻き上げたカレルに近づくと、エステルは夫を見上げた。

秀でた額にはうっすらと汗が滲んでいる。

「ないよ。ああでも、久しぶりだったから疲れた……」

「最近稽古をされていませんからね。おかげでお貸しした剣が傷んでしまいました」

眉間にしわを寄せたグイドが不本意そうに剣を掲げる。

確かに彼の言う通り、明らかな刃こぼれが見受けられた。

簡単そうにコルソンの剣を弾いたりいなしたりしていたが、実際剣に掛かる衝撃は見た目以上に凄《すさ》まじかったらしい。

改めて危険なことだったのだと、ぞっとしているとカレルはエステルの肩に手を置いて抱き寄せる。

「エステル」

「……はい」

名前を呼ばれて顔を上げるとずいっと覗き込まれる。

美しい顔面に圧を感じていると、隣にいたグイドがスッと距離を取るのを感じた。

「勝者に祝福をくれないか」

「……」

カレルがなにを望んでいるのかわからないエステルではないが、目の前で行われたカレルとコルソンの競り合いに勝者も敗者もないような気がして眉を顰める。

「あ、もちろん君に心配をかけたことは反省している。だが、双方怪我無く収まったことに対する労《ねぎら》いの意味も込めて……」

エステルが機嫌を悪くしたと思ったのだろう、カレルは急に早口になって弁解めいたことを口にした。

それを見たエステルはなんだか可笑しくなってしまい、伸び上がってカレルの頬に口付けした。

「……こんなにお強いなんて、知りませんでした」

「ふふ……っ。自分からねだったのに、いざされるとこそばゆいものだな」

そういいながら、満足そうに笑うカレルはひとつ大きく伸びをすると視線をオルガとコルソンに転じた。

ふたりはまだ抱き合ってなにやら興奮した様子だったが、カレルは特に空気を読むことなく話しかける。

「さて、顔合わせも済んで身体も解れたことですし、中へどうぞ。部屋を用意させましょう」

さっきまでの真剣勝負を『身体が解れた』と言い現わすカレルを少し恐ろしく感じるエステルだった。

これで手打ちかと安堵したのも束《つか》の間《ま》、腕にオルガを抱いたコルソンがまだ納得のいっていない顔をしている。

「待ってくれ、貴公にはまだ聞きたいことが」

コルソンはオルガ王女誘拐について、まだカレルを疑っているようだった。オルガも誤解だと説明しているが、コルソンは頑固な質《たち》らしい。

カレルはエステルの肩を抱いたまま睥睨《へいげい》する。

「私が愛しているのはエステルだけだ」

「しかし……」

カレルが発したのは詳細を省いた言葉足らずとも言える言葉だったが、コルソンは意図を理解しているようだった。

「オルガ様が誘拐ではなく家出だとして……それでもカレイドクス国のこの屋敷にいるということは、つまり貴公を……頼って来たということになりはしないか」

コルソンはほんとに疑り深い。

確かに妻の家出先が前夫の屋敷ともなれば疑いたくなるのは仕方のないことかもしれない。

(もしわたしだったら……、怖くて確かめることすらできないかもしれないわ)

エステルはそう考え眉を顰める。

「事情を正確に知るものは少ない。数少ない知人として頼って来たのだろう。それ以上でもそれ以下でもない。これは私やオルガ王女がいくら言っても君は納得しないだろうから、これ以上言葉を費やすのは無駄だな」

一見すると冷たく突き放すような言葉だったが、逆にコルソンは冷静になったようだ。

虚を突かれたような顔をして腕の中のオルガに視線を落とす。

「……ヴァルヴィオ殿のことが忘れられないのだと、ずっと思っていたのですが」

「違うわ！　カレルと結婚したのはお父様の手前、後戻りできなかったからで……」

本当に好きなのは、ずっとコルソンだけなのだと告白して、オルガは夫に抱きつく。コルソンは感動に身体を震わせてオルガを抱きしめ返していた。

カレルとオルガの結婚の経緯については、エステルは納得したわけではなかったが、問題を蒸し返して収拾不能にするつもりは毛頭ない。

空気を読んで笑顔を浮かべる。

「さあ、お疲れでしょう。どうぞ中へ」

エステルはボーナやマヌエラに準備を頼む。

有能な別邸の使用人たちのおかげで、特に混乱することもなくオルガ夫妻を応接室に案内すると一息つくことができた。

「あぁ、朝から本当に驚きました」

「私はコルソンを知っているからそうでもないが、君は初対面だから驚いただろう」

カレルと並んでソファに腰掛けたエステルは、コルソンを思い出して頷く。

カレルを夫としたからには、オルガは同じようなタイプの男性が好みなのだと思っていた。

それに王族を守る近衛騎士は大体が見目麗しい貴族子弟であることがほとんどであるため、コルソンもそうだと勝手に思い込んでいたのだ。

「コルソンは武門の出でね、ヴリルテア王国でもちょっと異色なんだ」

なんでも先祖が命を賭して国王をお守りしたが故、永久に王族に仕えることを許された一族とのことだ。

コルソンはそれに奢《おご》ることなく鍛錬を重ね、実力で近衛騎士となった武の男であるらしい。

優雅ではないが、それに勝る働きをする男だという。

「あの通り融通が利かない朴念仁《ぼくねんじん》だから、オルガ王女がわかりやすく好意を伝えてもまったく理解しなくてね」

(あぁ……)

口に出して同意することは憚《はばか》られたので、エステルはゆっくりと頷いた。

コルソンの実直な人柄が態度に表れていたから、彼が冷静になったらきっと大丈夫だと思った。

それにカレルの予想外の強さに驚かされた。

数あるカレルの噂の中でも、あれほど剣技が達者だとは耳にしたことがなかったからだ。それを質問すると、カレルは悪戯っぽく片眉を上げる。

「切り札は取っておくべきだからね」

言いたいことはわかるが、それを本当に実行するのは大変だ。

実力をつけることも、そして隠しておくことも簡単ではないだろう。

（でも、カレル様はそれをやってのけるお人だわ）

エステルは思いついてカレルの手を握る。

「エステル？」

急な妻からの接触に、カレルが驚きの声を上げた。

それに構わずエステルは手を握ったり裏返して揉んだりする。

「どうしたんだい？」

僅かに上擦った声のカレルに気づかず、エステルは手を揉みしだく。

「あんなに巧みに剣を操るのに、マメとかありませんね？　兄なんかマメがたくさんあって……」

もみもみもみ。

こんな接触よりもよほど深く触れ合うこともあるというのに、カレルの頬はどこか照れたように赤らんでいた。


翌日、わだかまりのなくなったオルガとコルソンが屋敷を去ることになった。

もっとゆっくり休めばいいのにと引き留めるエステルに対して、カレルは判断が速くて素晴らしいと褒《ほ》め称《たた》えた。

「カレル様。それでは早く帰ってほしいように聞こえて、失礼ですわ」

小声で諫《いさ》めるエステルに、カレルはあごを上げて宣う。

「その通りだ。なにしろ王女殿下がいると、私の妻を独占されてしまうのでな」

夫と想いを通じ合ったというのに、オルガはなぜか昨晩エステルと同衾《どうきん》を希望した。

コルソンとカレル両方から厳しい視線を浴びたエステルは生きた心地がしなかったが、オルガは『帰ったら夫とはいつでも同衾できるけれど、せっかくできたお友達と少しでも長く過ごしたいと思うのは当然じゃない？』と堂々としている。

確かにオルガは秘密を抱えた新生活ということもあり、新しい土地で親しい友人を作ることができずにいるらしい。

オルガの気持ちがわかったエステルは同衾を承知しながらも、カレルのじとりとした視線を痛いほど感じていた。

「そんな薄情なことを仰るものではありませんわ。オルガ様、また是非遊びにいらしてくださいね」

「あぁエステル！　エステルはわたしの心の友よ……！　またお忍びで絶対に来るわ！」

固く握手を交わすエステルとオルガを尻目に、カレルは唇を歪ませて肘でコルソンの脇腹を突く。

「向こうで口の堅い友人を作るといい。うちに来ても構わないが一年に一度、一晩限りにしてくれ」

「……」

コルソンはちらりとカレルに視線を寄越したが、一方的な提案に無言を貫いた。カレルの心の狭さに呆れたのかもしれないし、もしかしたら無言の同意だったのかもしれない。

オルガの長い滞在はこのような形で幕を下ろした。

さすがに騎馬のままオルガに国境を越えさせるわけにもいかないので、外側を偽装した馬車をヴァルヴィオ家で用意した。

「やれやれですね」

「ああ」

疲れた様子のカレルとグイドを書斎に残して、エステルはお茶を淹れるためにその場を離れた。

茶器の乗ったトレイを台において、ドアを開けようとして、漏れ聞こえる話し声にエステルはつい耳を澄ませた。

「オルガ様にはいつも振り回されてばかりですね」

「あぁ、まさにその通りだ。一歩間違えたら不敬なのだが、王女は気さくな性格だからこちらもつい引っ張られてしまうな」

苦楽を共にした護衛との会話はエステルとのものとは趣が違う。

より肩の力が抜けているように感じられてエステルは頬を緩める。

（いつか時を重ねたら、わたしもこんなふうにカレル様とお話できるようになるかしら……）

その日が早く来ればいいと願いながら声を掛けようとしたエステルは、動きを止めた。

話の流れが変わったのだ。

「まさに天真爛漫ですね」

「ああ。彼女を娶《めと》ってわかったけれど、ここだけの話、オルガ王女はエステルとは全然違うよ。同じ女性でもこんなに違うとは思わなかった」

はははと快活に笑うカレルの声に、グイドの声が答える。

「王族と男爵令嬢の差ということでしょうか」

「それはさすがに不敬ではないか?」

気心の知れた二人ははははと笑い合っている。

その会話に、エステルは衝撃を受けた。

耳の中で空気が膨張し、カレルの声がわんわんと鳴り響いている。

エステルはフラフラとその場を離れた。

(え、待って……どういうこと……)

エステルは平衡感覚が怪しくなって壁に手をつく。

クラクラする頭を押さえてなんとか息をする——いや、それしかできない。

(カレル様が、あんなふうにわたしのことを嗤《わら》うなんて……)

いつも愛おしげに微笑んでくれたカレルしか知らなかったエステルは、現実を受け止められなくて喉を詰まらせる。

「うっ……」

知っていた。

エステルとカレルの結婚、出逢いすら計算ずくで納得ずくである。

それを承知で結婚した。だってこれは契約結婚だからだ。

エステルはお金のために、カレルは家門の跡継ぎのために。

よろよろと歩き出したエステルは温室へ向かった。

かぐわしい花の香りでも嗅げば気持ちも落ち着くと思ったのだ。

「雨……」

しかしいつの間にか雨が降り始めていたらしい。曇天は今のエステルの気持ちを代弁するようだ。

温室のドアを開けて庭へ出ると、雨のためか誰もいない。

髪に肩に降る雨が冷たくて手のひらを上に向けてそれを受け止めた。

雨粒ひとつひとつが身体に籠ったもやもやとしたものを洗い流してくれるような気がして、エステルはなにも考えずに足を動かす。

だがどうしても頭の中にカレルの言葉が響く。

『オルガ王女とエステルは全然違う』

(そうよ、全然違うわ……でも、だからってあんなふうにオルガ様と比べるなんて)

心の中に充満していた靄が徐々に色濃くなっていく。

白い結婚だと、形だけの結婚だったと言っていたが、本当だろうか?

もしかしたらそれは方便で、本当はいい仲だったのでは?

エステルの脳裏にカレルとオルガの丁々発止《ちょうちょうはっし》のやりとりが思い出された。

自分に対するものとは違う遠慮のない言葉や態度は、カレルの本当の姿なのではないか。

オルガ王女が滞在する間カレルの機嫌が悪かったのは、オルガ王女と二人の時間を取れなかったからではないのか……。

そんなことあるはずないと心のどこかでエステルの良心が叫ぶが、その良心をあっさりと飲み込むほど、靄は濃い。

もうはらわたすべてが靄で満たされてしまったようだ。

(だめだわ……免疫が全然ないから……どうしたらいいいか、まったくわからない)

エステルは額を押さえながらとぼとぼと歩く。

さすがに雨の中出歩いている人影はなく、エステルは世界に一人きりになったような錯覚を覚える。

しかしそれはエステルの心象風景と一致していた。

少し前までは隣にカレルがいてくれた気がしていたが、そうではなかった。

「本当に……バカみたい」

エステルが呟くと、冷たい雫《しずく》が頬を滑り落ちていった。


エステルがいないことに気がついたのは、それからしばらくしてからだった。マヌエラが翌日の予定を確認しようと尋ねた部屋がもぬけの空だった。

「あれ？　旦那様のところかしら？」

そうであれば、お邪魔になるかもしれないと躊躇う。しかしオルガが滞在していた間ずっと疎かになっていた社交活動が再開するのかどうか確かめる必要があった。

実は別邸には『いつ参加できるのか、そんなに加減が悪いのか？　見舞いは可能か？』と毎日たくさんの手紙が届いている。

どの集まりに対しても『お伺いできるようになったらお知らせします』と回答しているので、そろそろ押さえているのも限界である。

（もし仲良ししていたら引き返せばいいものね）

そう考えたマヌエラが廊下を歩いていると、向こうからトレイにティーセットを乗せたカレルがやってきた。

「あれ？」

部屋にいないのならばカレルと書斎にいると思っていたのに。

眉を顰めたマヌエラの顔にカレルも不審げな顔をした。

「マヌエラ、エステルを知らないか？」

「旦那様とご一緒だったのでは？」

聞けばエステルが茶の準備をしに行ったきり戻らないという。

「旦那様がお持ちの、そのティーセットはどうされたのですか」

「部屋の前にあった」

確かに部屋の前には両手が塞がっていたときに、荷物を一時置きできるよう台が設置されている。

それを利用するのはいいとして、エステルがそのままにしておくのはおかしい。

カレルとマヌエラに嫌な予感が走った。

すぐに邸内でエステルの所在が探されたがどこにも見当たらない。

正門の門番も人の出入りはないという。

「外に出たとなれば、あとは裏門……」

しかし裏門から出るには、使用人が必ず詰めている厨房の横を通る必要がある。

通れば必ず誰かが目にしているはずだ。

「奥様、いったいどこへ……あ、もしかして温室から……」

庭師以外はあまり使用しないが、温室から庭に出て、そこから手入れ用の小道を通って外に出ることができる。邸内にいないのならば、外に出たということだろう。

カレルは即座にエステルを探す人員を集めた。


コートを着てくるのだった。

エステルはずぶ濡れになりながら、まだ歩いていた。

どこかで雨宿りをしようか迷ったが、一度足を止めたらもう歩き出せなくなるような気がして躊躇われた。雨宿りをしないのであれば、行く当てがないエステルは歩き続けるしかないのだ。

（身体が冷えてしまうわね。このままでは風邪を引いてしまうかも）

ならば少し遠いがこのまま実家に帰ろうかと思いつく。

家族はずぶ濡れのエステルを見て驚くだろうが、あたたかく迎えてくれるはずだ。

特に双子は歓《よろこ》びの奇声を発して飛びついてくるだろう。

「ふふ……っ」

思い出し笑いをしながら歩いていると、後ろから馬車が近付いてくる音がした。

視界も悪いし、水を跳ね上げられるかもしれないと思い、端に身を寄せると、その馬車が思いがけずエステルの横で止まる。

「やっぱり、エステル？」

「……あ、こんにちは」

通りかかったのは顔見知りどころの話ではない。

カレイドクス国の由緒あるヴァルヴィオ公爵夫人……簡単に言えばカレルの母で、エステルの義母のオレリアである。

無意識のうちにエステルは、ヴァルヴィオ公爵の本邸の方角へ歩いていたらしい。

あっという間にオレリアの乗る馬車に連れ込まれ、エステルは恐縮して身を縮こまらせる。

オレリアが懸命にハンカチで雨に濡れたエステルを拭いてくれるのだが、それで足りる濡れかたではなかった。

「私が偶然通りかかったからいいものの、風邪をひいてしまうところだったわ！」

オレリアは自分が濡れるのも構わず、エステルが寒くないようにと肩を抱き寄せた。

「お、お義母様、わたしは大丈夫ですから……」

失礼にならない程度にやんわりと身体を押し返すが、それで納得するオレリアではない。

ならばとエステルの手を取って優しく擦り出す。

「大丈夫なものですか！　あぁ、こんなに冷えてしまって。女性に冷えは大敵なんですからね！」

ここからならば本邸のほうが近いから、とエステルを乗せた馬車は速度を上げて走る。

「あの……」

「いいのよ、なにも言わないで。別邸には私から知らせを入れておくから」

なにをどこまで知っているのだろうか。そんなことを思いながら、エステルはオレリアの言葉に甘えて自分を抱き締めた。急に寒さを覚えたのだ。

本邸に到着したエステルは、オレリアの号令ですぐに湯殿へ通された。

便宜上湯殿と言ったが、それは一貴族が所有していいような施設ではなかった。

ヴァルヴィオ公爵邸では広い敷地の中に出湯《いでゆ》があり、いつでも入浴が可能であるらしい。

広い湯殿にもうもうと立ち上る湯気に、エステルは気後れして口籠る。

「でも、突然お邪魔してご迷惑でしょうから……」

オレリアの顔を見てホッとしてしまい、勧められるままに馬車に乗ってしまったが、それは間違いだったとエステルは今更ながら考える。

馬車では聞かれなかったが、このあと落ち着いてなにがあったと聞かれても上手く説明する自信がない。

（オルガ様とカレル様の仲を疑っているなんて、そんなことお義母様に言えない……）

やはり何か理由を付けて本邸から退散するのが一番だと思ったが、それをピシャリと跳《は》ね除《の》けたのは年嵩《としかさ》のメイド長だった。

「若奥様が入浴されて、身体が温まらないことには話が始まりません」

「……っ、は、はい……っ」

思わずいい返事を返してしまったエステルは、メイド長の助けを借りて入浴をするのだった。

身体の芯まであったまり、頬を紅潮させたエステルは、なぜか出てきたサイズがぴったりのドレスに着替えさせられ居間に通された。

今日はあいにくの雨だが、もしも晴れた日ならば素晴らしい庭が見渡せただろう。

「エステル、こちらへいらっしゃい」

「はい」

緊張するがオレリアに悪い印象を持っていないエステルは、請われるままに椅子に腰かける。

義母の表情は一見穏やかで、気分を害したり怒りを感じたりしているわけではないように見えた。

「別邸には使いを出したので安心してちょうだい。今日はこちらに泊まるでしょう？」

「お気持ちはありがたいのですが、そこまでご迷惑はかけられません」

すぐに帰りますからと腰を上げかけたエステルの鼻先に、オレリアの人差し指が突き付けられる。

「帰すわけにはいかないわね。あなた、カレルとなにかあったでしょう？」

「え……」

どうしてそれを、というわかりやすい顔をしてしまってから、慌てて表情を引き締めるがもう遅い。

オレリアははあ……と深いため息をつく。

「やっぱりねえ。傷ついた妻は大抵あのように寂しい背中をして歩くものです……私、息子の育て方を間違えてしまったかしら」

漏れた言葉が自分を責めるものでなかったことに驚いたエステルは即座に否定する。

「いいえ！　カレル様は悪くありません！　わたしが……」

至らないのだと言いかけると、また人差し指で止められた。

「いい？　エステル。新妻を不安にさせるようなことをした男が悪いの。これは天地開闢《かいびゃく》から決められた真理なの」

断定するオレリアに異を唱えることができず、エステルは曖昧に首を傾げる。

（お義母様って……こんな方だったかしら？）

自分に好意的になってくれるのはありがたいことだが、その代わりにカレルが下げられるのは納得がいかなかった。

（わたしがカレル様から好かれないというだけで……カレル様に落ち度はないもの）

耳の奥で、あの声がよみがえる。

エステルとオルガが比べものにならないと笑っていた、あの声。

いつになく溌溂《はつらつ》としているような、清々しているような声音は、エステルを傷つけた。

（そりゃあ、オルガ様とわたしでは同じ舞台に立つことも烏滸がましいけれど……容姿も身分も性格も……すべてにおいて劣っていると認めるけれども）

考えながら、さらに落ち込んでしまう。

それなりに貴族令嬢として、そしてカレルの妻として懸命に生きてきたつもりだったが、その実自己満足だらけの『つもり』の枠を越えられず、誰に誇れるものでもないと思い知ってしまった。

すっかり項垂れてしまったエステルの肩を、オレリアが抱いた。

いつの間にか向かい側の椅子から移動してきたらしい。

「あなたがどうしてそんなに自信なさげなのかわからないけれど、私はあなたがカレルと縁付いてくれてよかったと思っているわ」

若かりし頃は随分と……いや、今現在でも十分に美しいオレリアから至近距離で褒めそやされるとなにやら胸が高鳴る。

変な意味ではないが、やはりカレルの母親ということだろうか。

（歳を重ねてなお、お美しい。それはきっと外見の美しさだけではなくて内面から輝くようなもので
……オルガ様にも言えること）

高位貴族は王族と浅からぬ血縁がある。ヴァルヴィオ公爵家もそうだ。

容姿に優れ才能の塊のようなもの。

ゆえに下位貴族とは明らかな差がある。

それを知らないエステルではないが、時折思い知らされてしまう。

（見えている世界が――いえ、生きる世界が違う）

身の程を弁《わきま》えるということは大事だ。

枠をはみ出してしまえばあっという間に淘汰《とうた》される。

それが階級社会である。

（知っていたはずなのに……カレル様と出逢って、想いを寄せて夫婦になったことで勘違いしてしまったわ）

自分も『そう』であると、勘違いしてしまった。

だから振る舞いを誤り、オルガにどうにもならない嫉妬などをしてしまう羽目になる。

「わたしなど……オルガ様に比べたら価値のない、形だけの」

自嘲のつもりだったが、隣から冷ややかな空気が流れてきて、エステルは息を呑んだ。

横目で見ると、オレリアがまるで幽鬼のような顔をしていた。

「……オルガ？　あなたがどうしてオルガ王女のことを？　まるで良く知っているかのように」

「あ、あの、それはですね……お義母様……」

つらく胸を締め付けていた気持ちがひゅっと勢いよく引っ込み、なんとか誤魔化さなければいけないという気持ちが大きくなる。

だが義母を誤魔化すことなど、エステルにできようはずもない。

すぐに彼女の勢いに押されてしまった。

「言うのです、すべて！　包み隠さず！」

「は、はい……！」

エステルは顔色悪く頷くのだった。


簡潔に、そしてなるべく客観的にオルガ王女が別邸にやってきたことからコルソンが迎えに来たこと、そしてカレルが本当はオルガに想いを寄せているらしいことを一息に説明をすると、エステルは脱力してソファに背を預けた。

第三者に説明するには、傷口が生々しすぎた。

塩を塗り込むような言葉を口にするたびに口の中が苦くなっていくのを感じたエステルは、自分がこんなにカレルのことを想っていたのだと思い知らされた。

静かに話を聞いていたオレリアは眉間にしわを寄せて顎に手を当て、しばし無言になる。

そうしているとどこかカレルに似た雰囲気が漂い、エステルは確かな血の繋がりを感じた。

(契約結婚だということを隠していたから、あまり交流せずにいたけれど、お義母様は気高く素晴らしい御方《おかた》だわ)

社交界でも発言力のあるヴァルヴィオ公爵夫人。

きっと公正な判断をしてくれるだろうと思っていると、オレリアが重々しく口を開く。

「おかしいわね。カレルはあなたしか眼中にないように見えていたけれど。それにあなたの話を聞いていると、どうも真相がすっきり見えてこないのよね。まだなにか、隠しているのではない?」

ぎらりと光る、カレルとよく似た瞳にエステルは息を呑む。

気弱ではないと自負しているエステルでも、義母の迫力には敵わなかった。

とうとう秘密にしていた契約結婚のこともなし崩しに話すことになってしまう。

少しの罪悪感とともに、エステルの心の枷《かせ》が少し緩んだ。

(ああ、わたし、秘密にしていることがこんなにも心理的な重荷だったのね)

自分を取り巻く状態と、心の持ちようをすべて吐露してしまうと、肩が軽くなった気がした。

「……エステルのように素敵な女性の純情を金で買おうだなんて、最低な男ね。いくらその後で好きになったのだとしても、わたくし、カレルをそのような卑怯者《ひきょうもの》に育てた覚えはなくってよ……」

エステルとは正反対に、義母の気持ちはこれ以上なく重くなったようで、周囲を取り巻く空気まで重さを増したように感じられる。

軽くなった肩が、また少しだけ重くなった。

「いいえ、カレル様は公平な取引をなさいました。他ならぬわたしが同意したのですから！　それに、好きにもいろいろあるでしょう？」

カレル一人を悪者にする気はない。エステルは身体を前のめりにしてオレリアに言い募る。

オレリアは険しくしていた目元を僅かにやわらげ、口角を上げた。

「エステル……そんな風にカレルを庇《かば》わなくてもいいのよ。カレルの心があなたにあるのは間違いない。なのにそれを言葉にするのを疎かにして妻を不安にさせているあの子が悪いのだから」

オレリアの視線は優しい。

ただ契約結婚しただけの嫁に対して優しすぎるほどだ。

「いいえ、それはカレル様の優しさがそう見えるだけです。カレル様の心にはずっとオルガ様が……すべてにおいてわたしが至らないからなのです。優雅さも知識も美しさも、すべて……」

最初から不相応な契約だった。

エステルにばかり有利な条件で、カレルの人生の一部を縛った。

（やはりお金に目が眩んでこんなこと、するべきではなかったのだわ。今からでも……白紙に）

「わたし、しっかりとカレル様と話し合います。必要なら離婚も視野に入れます」

決意して顔を上げると、オレリアが驚きに目を見開く。

「そんな、結論を急がなくても！　カレルにはあなたを不安がらせないよう私がしっかり言い聞かせるから」

離婚なんてとんでもないと慌てるオレリアに、エステルは緩く首を振る。

「いいえ、いいのです。お義母様のお気持ちだけありがたく受け取らせていただきます」

「エステル……」

息子に対する怒りに吊り上がっていた眉毛が困惑したように下がる。

エステルが正面からオレリアを見つめると、義母はほうとため息をつく。

「……そう。決めたのね。一度本音をぶつけあうのも夫婦なら必要なことね」

ようやくわかってもらえたと感じたエステルの耳に、扉をノックする音が聞こえる。

「失礼いたします、奥様」

「あら、早いのね。でも、一足遅かったわ」

義母の口から出た相反する言葉にエステルは首を傾げてそちらを見て、声を上げそうになった。

メイドの背後に息を乱したカレルの姿を認めたのである。

「エステルここにいたのか……、探したよ」

「カレル、控えなさい」

エステルに駆け寄ろうとする息子を視線だけで留めた義母は、不審げに眉を顰めるカレルに座るように言う。

「とりあえず無事でよかった。それにしても突然出掛けるなんて、どうしたんだい」

エステルの隣に座ったカレルは、膝の上に揃えられたエステルの手を握ろうと手を伸ばした。ビクリ、と過剰な反応をしたエステルに片眉を上げる。

「カレル。せっかく来たところだけれど、あなたもうお帰りなさい」

「は？　それはどういう……」

訝しげに目を細めるカレルに、オレリアは言葉を強くした。

「あなた一人で別邸にお帰りなさい、と言ったのです。エステルは一晩こちらで預かります」

「えっ」

カレルのアイスブルーの瞳がエステルに向けられる。

それを受け止めることができなくて、エステルは俯いてしまった。

「エステルどういうことなんだ？　なにかあったのか」

「カレル様……」

理由を尋ねようとエステルの両腕を掴んだカレルに身を固くすると、オレリアの声が鋭くなった。

「いい加減になさい、カレル。妻の気持ちを察することもできない男の分際で、考えなしに声を荒げ怯《おび》えさせるなど！」

非難を多分に含んだ母の声に、カレルは驚いて手を離す。

「エステル……？」

「ごめんなさい、カレル様。今日はこちらにお世話になりますので……」

夫を拒否するつもりはなかったが、可能ならば今だけはカレルと離れていたかった。

エステルはオレリアの提案に乗ることにする。

心を決めたといっても、もう少し気持ちを落ち着かせたい。気持ちの整理がつかないままカレルを目の前にして、心無い言葉でカレルを傷つけたくない。

(せめて一晩、揺るぎない気持ちを持てるまで……)

エステルと目が合わないことに気がついたカレルは説明を求めるように母親に視線を向けるが、オレリアはそれをさらりと受け流す。

その態度で、今はなにを言っても聞き入れられないだろうと悟ったカレルは眉を顰めたまままため息をつく。

「……わかりました。では、明日改めて迎えに来ます。エステル、また明日ね」

「お気をつけて」

見送りのために腰を上げようとしたエステルを、オレリアが手で制した。

カレルと義母が出ていった後の居間に一人取り残されたエステルは、肺が空になるほど息を吐きだす。

酷く疲れてしまった。

その後義父も加わりなかなかに緊張する夕餐を終えると、エステルは与えられた客間で休んでいた。

義母と義父は夕餐の席で契約結婚を槍玉《やりだま》に挙げて『カレルが悪い』と怒っていたため、エステルは終始宥め役をしていた。

義両親の気持ちはありがたいが、それに関して本当にカレルは悪くないのだ。

（ただ、わたしがカレル様の隣にいるのに相応しくないというだけ）

ジワリと涙が滲む予感がして、エステルは両手で顔を覆った。

手のひらで瞼を圧迫して涙が零れないように押さえて呻く。

「……うう……っ」

堪えきれず零れた声がまた情けなくて、泣きたくなる。

エステルは枕に顔を押し付けて嗚咽《おえつ》を堪えた。

感情のピークをなんとかやり過ごし、寝返りを打ったエステルはしゅるしゅるとシーツの上を滑る感触を確かめているうちに、意識が眠りに落ちていった。

コツコツ。

どこからか固い音がした。

なんの音だろうかと夢うつつで考える。もしかしたら夢かと思っていると、また同じ音がした。

コツコツ。

聞き間違いではない、確かに聞こえてくる音に意識がふわっと浮き上がり、エステルは耳を澄ませる。

（鳥がガラスを叩いているような……いえ、夜よ？　鳥なんて）

コツコツ。

またしても音がする。ガラスを叩く音に違いないと確信した。

厚いカーテンに阻まれて、窓の外の様子は見えないが、音の発生源が間違いなく客間のベランダに続くガラスだ。

(枝が窓に触れているのかしら？　でも、雨は止《や》んで風もないのに……)

エステルをしたたかに濡らした雨雲はもうすっかり通り過ぎていた。

耳を澄ましても、風の音はしない。では、一体なにがガラスを叩いているのだというのか。

「エステル」

「……っ!?　カレル様？」

聞きなれた声に緊張が一気に解け、起き上がる。

窓に走り寄ってカーテンを開けると、ベランダにカレルの姿があった。

「カレル様……！」

解錠して窓を開けるとカレルは隙間からするりと入って唇の前に人差し指を添える。

「しー……静かに。誰かが起きてしまうかもしれない」

「はい……あの、どうして」

本邸に忍び込むようなことを？　戸惑いを隠せずに尋ねると、カレルの美しい眉が顰められる。

「どうしてって、そんなのエステルが心配だったからに決まっているじゃないか！」

カレルは早口でまくし立てる。

お茶を淹れに行っただけのエステルが姿を消して驚いたこと。どこを探してもいなくて街中を探していたところ、本邸から知らせがあって慌てて馬を駆《か》ったこと。

「慌てて来てみれば君はなにか決心したような態度だし、母上は怒っているし。とても明日まで待てないのも仕方がないだろう」

「だからって、忍び込むなんて」

エステルに与えられた客間は二階だし、ベランダに居たということは、恐らく木に登って飛び移ったのだろう。

夜で視界も悪いときにそんな危険なことをして、もし落ちたりしたらどうするのだ。エステルは顔を青くした。

「大丈夫だよ。他のところならいざ知らず、実家だよ？　こんなこと何度も……う、うん……」

言いながら、これは拙《まず》いと気がついたのだろう。カレルは不自然に咳払いをすると「そんなことより」と話を変える。

「エステル。本当に何があったの？　いったいなにが、君を苦しめているの？　もし私に気になるところがあったら、改善するから言ってくれ」

アイスブルーの瞳が煌めく。

その美しさに心を奪われそうになったエステルは、はっと正気に戻ると顔を背ける。

いつの間にか口付けしそうなほど近くに顔があったのだ。

「なにも……、カレル様は悪くないですし」

これは自分の問題だから。

エステルはさきほどの決心を思い出し、唇を引き結ぶ。

これ以上カレルを煩わせることなど、あってはならない。

しかし、それは逆効果だった。

目を細め眉間にしわを寄せたカレルは強引にエステルの両腕を掴むと、力任せに引き寄せた。

「きゃ……っ」

「エステル！　君は私の妻だ！　君が嘘を言っているということはわかる！」

「そんな、嘘だなんて……」

そんなつもりはなかった。本当にカレルは悪くない。

原因は、すべてエステルの魅力のなさ……に集約されるのだから。

しかしそんなことは口に出せない。

わかっていても、自らそれを認めることはまだ難しい。気持ちが定まったつもりだったが、カレルを前にすると気持ちが揺らぐ。

まだ、どうしようもないほどカレルを愛しているのだと思い知らされる。

告白をしなければいけない相手は、それを一番隠しておきたい人物だから、エステルは固く唇を引き結ぶ。

その態度にカレルの表情が変わった。

「私の母には言えるのに、か？」

「あ、……」

確かにオレリアに相談した。しかし、彼女はカレルではない。

それに微妙な女心を理解してくれる女性でもあった。

（カレル様にはわたしの浅ましさを知られたくない）

黙ってしまったエステルの頭の上から、声がする。

「私のことを、嫌いになってしまったのか？」

「カレル様？」

急に思いもしない言葉に、エステルが顔を上げた。

いつも穏やかで余裕すら感じるカレルの顔には、珍しく焦りが浮かんでいる。

「束縛が強いからか？　それとも狭量だから？　言動が鼻につく？　もしかしてよく見たらやっぱり顔が好みじゃないとか！」

がくがくと揺すられて混乱する。

「お、落ち着いてくださいカレル様！　それはいったい誰のことですかっ」

まったく心当たりのない羅列にエステルが堪らず声を上げると、カレルが食い気味に言う。

「私のことさ！　君のことが好きすぎて周りのことを疎かにしてしまう男など、嫌いになってしまったということなのだろう⁉」

見つめたカレルのアイスブルーが真剣で、冗談で言っているのではないことは知れた。

しかしエステルにとってはまさに寝耳に水である。

（もしかしてカレル様はご自分の事をそんな風に思っていらしたの？　そして……わたしのことを好き過ぎるって……え、ええ⁉）

言葉の意味をきちんと咀嚼《そしゃく》したエステルは頬が熱くなっていくのを感じた。

契約結婚に同意したし、肌も重ねた。

好きだと、愛していると言ったし、言われた。

しかしこうやって必死に思いの丈をぶつけられたことなどなかった。

「あの、もしかしてカレル様は……わたしのことを……本当に好きだと思っているのですか？」

恐る恐る聞いてみる。

口にすると赤面ものの質問だということは自覚している。

外れていたら憤死してしまうかもしれない。でも、エステルは聞いてみたかった。

まるで付き合いたての男女のように、想いの大きさを互いに探り合いながらくすぐったい気持ちになってみたかった。

「好きだよ！　好きに決まっているじゃないか！」

掴まれた腕に力が込められ、抱き寄せられる。

途端に覚えのあるカレルの香りに包まれ、エステルは胸がいっぱいになった。

「本当に？　本当に私のことが好きだと……？」

「疑り深いな、君は！　好きだ、私はエステルが大好きだよ!!　気の済むまで何度だって言ってやる！」

好きだといいながら、カレルの形の良い唇がエステルのそれを塞ぐ。

軽い音を立てながら何度も唇が押し付けられると、擽ったくて身を捩《よじ》る。

「あ……っ」

「好きだ……、エステル……誰よりも好きだ……」

熱い舌が首筋を這い、耳殻を舐る。

覚えのある身体の熱さを思い出したエステルは拙いと思うが、止めることができない。なによりオルガがいたせいでしばらくご無沙汰していた身体は容易《たやす》く火がついてしまう。

瞼を閉じて流されてしまいたいエステルだったが、歯を食いしばってカレルを押《お》し止《とど》める。

「エステル？」

カレルは不満そうだ。しかしエステルはこれだけは話しておかなければいけないと声を張る。

「オルガ様……、でもオルガ様のほうがよろしいのでしょう……？」

言いたくなかった言葉を口にして、エステルはまた涙が滲むのを感じた。

ここで泣くなど卑怯《ひきょう》だとわかっていながら止めることができない。

エステルの頬の上を、涙がぽろぽろ零れていった。

「オルガ……？　彼女がどうしたっていうんだ」

心底わからないと言いたげな声音に、なんの後ろめたさも見つからず、エステルは反らしていた視線をカレルに向ける。

「……だって、わたしとオルガ様では比べ物にならないと」

そう、言って笑っていた。グイドと一緒に。

確かにエステルはオルガとの婚姻の後始末役だ。

カレルの、ヴァルヴィオ公爵家の跡継ぎを産むために金銭の見返りを得て嫁いできた。

故に二人の間に感情は本来必要ない。

エステルだってそのつもりだった。ひっそりとカレルを想うつもりだった。

だが、身分が違い過ぎて話が合うとも思えなかったカレルは、意外なほどエステルに寄り添ってくれた。

共に時を過ごすうちに、カレルの隣にいることで安らぎを覚えるようになった。

「わたし、カレル様を本当に好きになってしまったのです……だから、オルガ様に対して醜い感情を抱いてしまって……！」

なにもかも劣っているというのに、真実を受け入れることもできずこうして恥を晒《さら》している。

呆れられるとわかっていても、それでもカレルから離れられなくて泥沼の中で足掻《あが》く。

のか？」

（なんて醜悪なの……っ）

いっそのことカレルから引導を渡してほしい。そう思って可能な限り下を向く。

万が一にもこんな恥知らずな女の顔をカレルに見られたくない。

「は？　どういうことだ？　本当に意味が分からないんだが。もしかして私は馬鹿になってしまったのか？」

心底わからない、という戸惑いがありありと伝わってきて、エステルは顔を上げる。

視線の先には戸惑いを隠そうともしないカレルがいる。

「……ですから、わたしのことをオルガ様とは全然違う、と……」

（あなたが言ったんじゃない！）

グイドと一緒に、まるで笑いものにするように。

思い出してまた悲しくなってしまう。ジワリと滲んだ涙に、カレルが早口になる。

「誤解だ！　まったく逆だよ！　グイドと話していたのは『人を振り回すばかりのオルガ王女とは違って、エステルを妻に迎えてよかった』という意味で言ったんだ！」

「え？」

思わず間の抜けた声が出た。

それに構わずカレルが手を持ち上げてエステルの涙を拭う。

「君には結婚前にちゃんと説明したつもりだったが……私が王女にどんな目に遭わされたか忘れてし

まった？」

忘れていない。もちろん覚えている。

当て馬としてヴリルテア王国との利益のためだけに承諾せざるを得なかった結婚は、結局オルガの我儘でご破算となった。カレルにとっていい思い出ではないと言っていた。

「でも、少し一緒にいただけでもオルガ様の素晴らしさはわかりましたし……」

あのように美しく天真爛漫で愛の深い女性ならば、誰でも好きになるに決まっている。

それこそ自分とは比べるべくもない。

婚姻の解消に同意したのだって、オルガを苦しませないためにあえて身を引いたのだろう。

エステルが唇を噛むと、そこにカレルがそっと触れた。

「オルガ王女のことだとしても、君の口から私以外の人間を褒める言葉が出るのは面白くない」

心底面白くなさそうな声音にエステルが顔を上げると、カレルはじっとエステルを見下ろしていた。

「あの……」

「この唇から、一番多く呼ばれるのは私でありたい」

指の腹でゆっくりと撫でられる。さきほどから鼓動が高鳴り過ぎて苦しいほどだ。

目を反らしたいのに、カレルのアイスブルーの瞳は反らすことを許さない輝きを放っている。

「あ、はぅ……っ」

唇を撫でられているだけでおかしな声が出てしまい、エステルの顔が赤らむがカレルは気にした様子はない。

「そして、こうして君に触れて」

むに、と唇を押して柔らかさを確認してから親指を侵入させる。

「は……、ぁう……」

歯列をなぞり、舌に触れる。

「温かさと柔らかさを感じるのは、もちろん私一人でなければ我慢ができない。私は嫉妬深いから」

ぞくぞくと背筋が戦慄くのを感じながら、エステルは目の眩むような欲望に耐えていた。

(こんな色気……っ、どこに仕舞《しま》っていたの?)

カレルの美しさはもちろん知っている。

なのに、今エステルの目の前にあるカレルのそれは、次元が違った。

こんなに熱と欲を隠しもしないカレルは初めて見る。

「嫉妬なんて、そんな……」

なんとか短い言葉を発して、カレルから逃れようと手を突っ張ったが、その手に力が籠らない。

触れられたいのだという本心が透けて見えてしまう。

「エステルのことが大事なのだ。誰より、なにより。だから」

避けないで。

指が口内から出ていき、その代わりに耳に吹き込まれるような囁きがエステルの意識を奪い、全身が震えた。

人としての形を保とうと気を張っていたものが、すべて霧散してしまったような気分だった。

「ふ、あぁ……っ、カレル様……」

立っていられなくなったエステルは、その身をカレルに凭れかけさせた。

6. 求婚とは改めてするもの？

もともと眠っていたので、エステルは夜着を身につけている。

つまり、何枚も重ねて着る大仰なドレスやコルセットに包まれているわけではない。

抱き締められるとその分カレルの身体に密着してしまう。

「あ……っ」

カレルの胸板で摺り上げられた胸の尖りが芯をもったのを隠そうと、慌てて身体を離す。

しかしそれを許すカレルではない。

両手でしっかりとエステルを抱き締めると、さらに強く密着させようと力を籠める。

「あ……っ」

「逃げないで、と言っただろう？」

カレルはすこし乱暴に唇を奪うと、すぐに舌が侵入してくる。

誘うように舌を絡めとられるエステルは自分からもそっと舌を伸ばした。

「……？」

一瞬動きを止めた舌が再び擦り合わされ強く吸われると、身体の芯が蕩けてしまい、エステルは結局カレルの胸に凭れた。エステルを受け止めたカレルはしばらくそのまま唇を重ねていたが、力は入らなくなってきたのを悟った。

下唇に吸い付いてから口付けを解くと、エステルの身体を抱き上げてベッドに優しく横たえた。

「あ、カレル様……っ」

息を乱したエステルがとろんとした目で見上げると、カレルは無言のまま服を脱ぎ始めた。それを黙って見ていると、上半身裸になってエステルの身体を跨《また》ぐようにして見下ろしてくる。

こんな風に口付けを交わして寝室で服を脱いで、その後、はたしてどうするのだろうとカマトトぶるつもりはない。

エステルは覚束ない指を叱咤して身体を起こすと、裾を手繰り寄せて夜着を脱ぎ去る。

「……っ、カレル様」

自分を見下ろす視線と見上げる視線が交差する。

そのどちらもが物欲しそうだったことは否定しない。

エステルにはカレルが自分を欲しがっているという確信があった。そっと手を伸ばして、カレルの下腹部に触れる。

未だトラウザーズに覆われていたが、熱く立ち上がるものの存在を隠せずにいた。

「……っは、私を誘っているのか、エステル」

何度も床を共にしてきて、このような振る舞いをするのは初めてだった。

しかしエステルは躊躇いなくボタンに手を掛ける。

「全部、脱いでください……」

中から布を押し上げる力が徐々に強くなっていく。

苦労してボタンをすべて外すと、もう我慢が利かないとばかりに昂ぶりが下着を押し上げる。

エステルはビクビクと震える雄芯に手を添えると、数度上下に扱いた。

「……う、くっ」

先端に透明な汁が浮くと、それを塗り込めるようにして先端を丁寧に撫でる。

次第にカレルの息が上がり、食いしばった歯の隙間から喘ぎが漏れるのを、初めての興奮と共に見ていた。

（カレル様が、いつもしているように……）

見るとはなしに見ていた、夫の痴態。

エステルはそれを正確になぞろうとするが、カレルのほうが一枚上手だったようだ。胸の膨らみを両手で揉み乳嘴を弾かれると、すぐに指から力が抜けてしまう。

「あ……っ、や、ぁ……っ」

「君が積極的になってくれるのはとても嬉しいが、私だって君に触れたくて仕方がなかったんだよ」

その言葉を裏付けるようにカレルは執拗《しつよう》に乳嘴を捏ねる。

身体に灯った熱がじりじりと内側からエステルを灼く。

既に知っている快楽がすぐそこにあると思うと期待に胸が高鳴る。

「エステル、ようやく君に触れられる」

やけに含みのある声が近付いたかと思うと、腰を抱かれひょいと膝に乗せられた。

「きゃ！」

不安定な体勢で唇を塞がれ、思うさま吸われる。

抱きしめる腕が強くて、エステルは嬉しくなる。求められていると実感できた。

そのままゆっくりとシーツの上に寝かされ、互いの身体をまさぐる。既に知られている弱点と、知っている熱に思考が蕩けながらも懸命に名を呼ぶ。

「カレル様、カレル様……っ」

ぬかるんだ蜜壺《つぼ》が長い指でかき混ぜられ淫らな水音が鳴る。

今はそれを恥ずかしいとは思わずに、素直に快感を表現した。

「あっ、んぁあ……っ、そこ、好き……っ」

身体が痺れるような快楽を、顎を反らせることで紛らわす。

気を抜くとすぐに達してしまいそうになるのを唇を引き結んで耐えていると、頬に手が触れた。

「声を我慢しないで。エステルが感じている声を、私に聞かせて」

「でも、あ、んむぅ……っ」

エステルの『でも』が気に食わなかったのか、カレルは実力行使に出た。

指をエステルの口の中に入れてゆっくりと掻き回した。

「エステルの声で私も興奮するんだ。それにほら、一緒にされると気持ちいいだろう?」

口の中に入れた指をぐるりと回すのと同時に、蜜洞の中の指もタイミングを合わせて回す。

一瞬どっちがどちらかわからずに、強い快感に翻弄されたエステルは身体を大きく弾ませた。

「あ、んあ……っ」

カレルの指を噛むわけにもいかず、エステルははしたない声を上げて極まってしまう。

口の端から飲み込みきれない涎《よだれ》がカレルの指を伝っていったが、それを止めることもできない。

息も絶え絶えになったエステルから指が引き抜かれる。

そのどちらもから透明な糸が雫とともに伸びて落ちた。

「ああ、エステル……君の中に入りたい」

熱く猛る切っ先が誘うようにあわいに擦り付けられる。

待ちきれない気持ちが先行してしまい、エステルの腰が誘うようにくねる。

「……カレル……っ」

熱を孕んだ吐息と共に夫の名を呼んだエステルの秘裂が、いきり立った陽根に侵される。

久しぶりの交合のため多少の違和感はあるが、それでも待ち望んだ刺激だった。

エステルは全身が粟立つような快感に浸され達してしまった。

「はぁ……っ、あ……っ!」

ビクビクと全身を震わせ蜜洞が締まると、カレルが低く唸る。

「うっ、……入れただけでイってしまったの？……エステル可愛い……っ」

そう言いながら抜けそうになるほどギリギリまで腰を引くと、一息にエステルを貫く。

「あぁ……っ、カレル、はげし……っ、待って、イってるからっ」

しばらくぶりなのだから、もっとゆっくりと思うが、その実エステルの中は快楽に貪欲だ。もっともっととせがむようにカレルの雄芯を締め付けて離さない。

「エステル……っ」

吐息とともに名を呼ばれると胸が締め付けられる。その声に返事をしようと思い口を開いたエステルは、思いがけない衝撃に喉を引き攣らせる。

「あっ、ひぁ……っ、だ、だめえ……っ」

カレルはエステルの膝を割り大きく開かせると、腰骨をぶつけるようにして激しく突く。最奥を思うさま捏ね、エステルが極まる直前に引いてしまう。

「ぁ……っ」

あと少しでイけたのに。蕩け切った顔を向けると、カレルは美しい顔を歪めて笑う。

「君の友達がいた間、ずっとお預けされていたからね。さっきみたいにすぐ君だけイくなんて、許さないから」

アイスブルーの瞳が壮絶なまでの色気を纏うさまは、寒気がするほど美しい。

見惚れながら皮膚が粟立つような感覚を覚えたエステルが身動ぎをすると、浅いところに先端が引っ掛かり思わぬ反応をしてしまう。

「ん、ぁ……」

「ああ、そうだね、エステルはここも好きだから。じっくりねっとりしてあげようね」

優しい口調なのに恐ろしい。

エステルはこれからどうなってしまうのかと不安に眉を下げた。

カレルは紳士であって、卑劣漢ではない。

ただ、人一倍妻を愛しているし、顔に似合わず性欲が旺盛だった。

それを知っているはずのエステルですら、受け止めきれないほどである。

愛するエステルを膝にのせて後ろから挿入し、腰を揺らしながらカレルは幸せそうにエステルの耳元でため息をつく。抜けてしまいそうなほどに浅いところをずっとゆるゆると刺激し続けている。

「ん、んん……っ、カレル様……っ、ぁあ……！」

身体がずっと蕩けっぱなしのエステルが不安定な膝の上で体勢を崩しそうになると、カレルは大きな手のひらで胸を柔らかく包み込む。

「危ないな、支えていてあげよう」

「ふ、あぁ……っ、さ、支えるにしても、なにもそこじゃなくても……っ」

抗議の声を上げるが、カレルは気にした様子もなくやわやわと指を動かす。

「汗でしっとりとしていて、まるで手のひらに吸い付くようだ」

胸の感触が思ったよりも心地いいのか、カレルの声には満足げな音が漂う。

褒められているにしても恥ずかしいとエステルが身を捩ると、挿入されたカレルの怒張が違うところを掠めて思わず腰が浮く。

「ひ、ん！」

咄嗟にエステルを支えようとしたカレルが遠慮を失念したように胸を強く握る。

硬く尖った乳嘴が容赦なく圧し潰され、快感を逃そうと背筋が強くしなった。

「ああ、エステルは背中ですら官能的だね」

肩甲骨のあたりに口付けが落とされ、エステルは喘ぐ。カレルが僅かに身体を動かしただけで、隘《あい》路《ろ》を抉る切っ先が動くのだ。

「そんな、こと……っ、ないから……ぁっ」

乳嘴を摘ままれ捏ねられ、身悶《みもだ》えすると脚のあわいから得も言われぬ快楽が立ち上ってくる。すべてを忘れその衝動に身を任せたくなってしまうエステルは、ごく細い理性に縋《すが》りつく。

（だめ、これに流されてしまっては駄目よ……！　カレル様の思うつぼなんだから！）

一度寝室で同じようなことがあったときは、翌日起き上がれなくなるほど、筋肉痛になった。

人間、本能だけだと碌《ろく》なことをしない。

エステルは理性の紐で固く自らを縛る。ぎゅ、と全身を引き締めるようにすると、背後から呻き声が漏れた。はずみでカレルを締め付けてしまったのだ。

「あ、ごめんなさ……」

「おねだり？　可愛いね、エステル」

違う、と反論しようとしたエステルの口から、甲高い嬌声が発せられる。

カレルの手が乳嘴を離れ、脚のあわいへ……浅く繋がったその上部にある密やかな秘玉を捉えた。

瞬間、そこに雷が落ちたような感覚がして、エステルの身体は硬直した。

「ひ、ぁっ」

あわいがぎゅうと収縮し遠慮なくカレルを締め付ける。

配慮などできないほどに、その感覚に身体中が支配されていた。

「ふふ……、エステルはここが好きなこと、とうに知っているよ」

優しく、しかし容赦なく宝珠が鞘ごと摘まれる。それだけで例えようもないほどの法悦がエステルを包み込む。まるで魂が身体から抜け出てしまいそうな感覚だ。

「あ、はぁう！　そんな、あ、イっちゃ、あ、あうっ」

ガクガクと身体の制御が効かない。

強制的に高みに昇りつめていく身体を止めることができず、エステルは涙を流す。

「こ、なんじゃ、ぁくて……っ、カレ、ル……っ、カレルぅ、キスして……っ」

カレルの手に縋るようにして悶《もだ》えるエステルがキスを強請《ねだ》ると、背後から低い唸《うな》り声がした。直後、エステルの中を浅くしつこく苛んでいた雄茎がずるりと抜け出た。

「ひぃん！」

その衝撃に悲鳴を上げたエステルは、すぐにひっくり返されベッドに押し付けられる。蕩け切った視線で見上げるると、雄みを増したカレルが苦しそうな顔をして眉間にしわを寄せていた。

「カレル……？」

「ああもう、私の妻はどうしてこんなに可愛いのだ！　我慢できない！」

してないじゃないですかと思ったが、舌が蕩けてしまっていて言葉がうまく出てこない。だが、目は口程に物を言う。エステルの気持ちを汲み取ったカレルは唇を舐める。

野性的なその仕草に、あわいの奥がキュンと戦慄く。

「君の願いを叶えないわけない。私は君の夫なのだから」

そう言うと、カレルはエステルの脚を掴んで開くと、しとどに濡れ、熟れ切った秘裂に切っ先を宛がう。求めていたものが与えられ喜ぶように媚肉がくぱりと亀頭に吸い付くと、カレルはゆっくりと、しかし確実に奥を目指して腰を入れる。

「あ、あぁっ、カレル……っ」

虚ろな洞が満たされていくのを感じながら手を伸ばすと、カレルが覆い被さるようにして顔を近付けてきた。エステルは首を引き寄せるようにして唇を合わせる。

ようやく求めていたものが与えられて、エステルは嬉しくなって何度も角度を変えて唇を啄《ついば》む。

カレルが与えてくれる深い快楽も好きだが、こうして唇を合わせるだけで感じられる幸せが、エステルは好きだった。柔らかい感触を楽しんでいるとカレルの舌が隙間から入り込み、舌を絡めとる。

同時に突き入れられた雄芯が中の心地いいところを何度も優しく抉る。

とちゅとちゅと粘着質な音が鼓膜を侵す。咥内《こうない》の音が頭蓋に響いて、また耳からも似たような音がしてエステルは混乱してしまう。

「あ、ふ……っ、う、んん……っ」

戸惑いを感じたのか、カレルの舌が口蓋を擽り、じいんとした快楽がエステルを心地よく包む。

痺れのような甘い疼きが蜜洞を満たし、キュウキュウとカレルを締め付け、さらなる快感を求め波打つように収縮した。

「は、エステル……っ」

口付けの合間に名を呼ばれ、エステルは胸が引き絞られるような感覚を味わう。

(カレルに恋して……想いが通じて、こうして肌を合わせて……、カレルに出逢わなければこんな夢のような経験、することができなかった)

愛しいという気持ちが溢れ出るようで、エステルは全身でカレルに抱きついた。

逞しくも引き締まった腰に脚を絡めると、中を穿つ怒張がまた膨張する。

「く……っ、あ、エステル……っ」

何事にも動じずそつなくこなすカレルが、こうして声を掠れさせているのを見ると、エステルはカレルが自分と同じ気持ちであると実感できた。

カレルにしか許していない身体が、また新しく拓かれていく。

言葉を発せずとも互いの気持ちが寄り添い、肌を合わせるとたとえようもない快楽の渦に飲み込まれる。

「ひ、ぁあ……っ、カレル、どこかへ飛んでいってしまいそう……っ」

激しくなる抽送に思わず弱音を吐くが、カレルは口角を上げて微笑む。

「大丈夫、ずっと離さないから……っ、君は君の思うように……」

全部が混ざって溶けてしまいそうで、エステルは目の前の身体にさらにしがみ付く。

逞しい身体はエステルの恐怖を吸い取るように口付けをして、ねっとりと唇を舐る。

「もう君から離れられない……っ」

苦しそうに眉を顰めたカレルの額から汗が伝った。

それはこめかみから頬に流れ、ぽたりとエステルの胸に落ちる。

ただそれだけのことがどうにもエステルの胸を締め付けた。

「好き、愛しているの……っ、もう離さないで……！」

両腕を首に絡ませて引き寄せると、自分から舌を突き出してキスをせがむ。

一瞬カレルの顔が歪んですぐ、貪るように口付けられた。

蜜洞を突き上げるたびに耳を塞ぎたくなるような淫猥《いんわい》な音がしているが、もうまったく気にならない。エステルも積極的に腰をくねらせ、カレルを締め付ける。

もはや声がどうとか、音がどうとかいうことすら考えられずただひたすらに相手を求めてまぐわう。

「あ、奥……っ、ん、ふぁ……っ！」

最奥を抉られ、ぶるぶると身体を震わせて極まったエステルは、カレルを食い締め吐精を促す。

奥に出して、と隘路をギリギリまで引き絞る。

「う、く……っ」

これにはカレルも堪らなかったらしい。

猛然と腰を振りたくり、呻きと共に最奥に白濁を放つ。

じわじわと身体にカレルの精が馴染んでいく感覚を味わいながら、エステルは身体を震わせた。

「……んぅっ！」

じわりと全身の毛穴から汗が噴き出したのを感じて、大きく息を吐く。

脱力してシーツの上に身体を投げ出すと、カレルがエステルの中から出ていき、覆い被さってきた。

自分と同じように脱力したのだろうと思っていたが、思いのほか強く抱きしめられ、それが意図的なものだと知る。

「エステル、君は本当に素敵だ……」

軽く唇を合わせられ、吸い付かれるとそれに応える。

いろんな体液でべとつくはずなのに、不快感を覚えないのは何故なのか。

疑問に思いながらも、ただ合わさるだけの体温が気持ち良くてエステルの瞼は落ちてきそうになる。

（だめ、このまま眠っては……）

やらなければいけないことを一生懸命に羅列していたはずのエステルは、いつの間にか眠りの縁から足を踏み外してしまった。


目を覚ました時、エステルは開眼と同時にすべての都合が悪いことを思い出し顔色を悪くした。

ここはヴァルヴィオ公爵家の本邸だし、隣には追い出されたはずのカレルが裸で寝ている。

さわさわと廊下で人の気配がしているし、自分はここでは客人だ。

（困るわ……！　カレル様は一旦帰されたのに忍び込んできたのだし、もしもお義母様に見つかったら大変なことになるのでは⁉）

珍しくすやすやと眠っているカレルの肩に手を掛けてそっと揺する。

「カレル様……、カレル様……、起きてください」

目覚めがいいと思っていたカレルは眉間にしわを寄せ低く唸る。

エステルはそれをどこか可愛らしいと思いながらも肩を揺する。

「カレル様、ここへは忍び込んでいらしたのでしょう？　誰かに見られては拙いのでは？」

「……っ、そうだった！」

ばちりと音がするほど勢いよく瞼を開けると、途端にそこに王都一の美青年が現れる。

昨夜汗も流さずに寝てしまったはずなのにこの美しさはいったいなんなのだ、と頬を染めながらエステルはベッドから降りてしゃがみ、脱ぎ散らかした服を拾い集めてベッドに放る。

「と、とりあえず服を着ましょう！　そして——」

自分は上掛けを身体に巻き付けだけのエステルが顔を上げると、真顔のカレルがまっすぐに見据えていた。

その表情には全く焦りが見えず、思わず眉間にしわを寄せる。

「カレル様？」

「いや、考えてみたのだが」

顎に手を当てて軽く擦る。意外に骨ばった手にドキリとする。

美しくともカレルは男なのだと意識してしまう。

「ここは私の家だし、そして君は私の妻。なにをコソコソする必要が？」

（あるでしょう……！　昨日お義母様から追い出されて深夜に侵入したじゃないですか！）

もしもエステルが実家であるヘルレヴィ家で同じことをしたら、コソコソしてしまう自信がある。

実家でもそうなのに、義実家でなんて堂々とするのは無理だ。

「……そうだとしても、お義父様やお義母様に後ろめたいです。きちんと正面から訪問して——」

誠意を見せるべきだ。

昨日とは違い、自分とカレルは和解したのだから。

そう続けようとしたエステルの耳に、ドアをノックする音が聞こえた。

「若奥様、起きていらっしゃいますか」

張りのある声はメイド長に違いない。

エステルはまだ上掛けにくるまっただけの身体を見下ろして慌てる。

いくらなんでもこの状況では、拙いに決まっている。

「あ、はい！　起きています！」

エステルはどうしたらいいか迷うあまり、髪をかき混ぜながらウロウロと歩き回る。

今ここでメイド長が『失礼します』と入室して来たら……！

しかし幸運にもそうはならず、メイド長はドア越しに用件を伝えてきた。

「奥様が朝食をご一緒に、と仰っているのですが」

「も、もちろんお伺いします！　あの、身支度を整えてから！」

力んで答えると、その気迫が通じたのか、メイド長は湯を用意すると言ってその場を離れた。

遠ざかる気配を感じながら、エステルはどっと疲れに襲われた。

「……カレル様は、一度出て正面から入り直してください……！」

メイド長が戻ってくる前に！　と凄《すご》むと、カレルは少し戸惑ったような笑みを浮かべつつ、エステルの意思を汲んでササっと着替え、ベランダから出ていった。

その手馴《てな》れた後ろ姿を見送ったエステルは、丁度ドアがノックされ、間に合ったことに安堵して身支度を整えるのだった。

食堂に行くとカレルがもう席についていた。

「カ、カレル様……」

どのように対処したらいいか迷って視線を彷徨わせると、カレルが大股で近寄ってきてエステルを力一杯抱き締めた。

「エステル、昨日は済まなかった……！」

「うぐ！　あの、カ、カレル様……っ」

身体を硬直させたエステルに構わず、カレルはよく通る声で続ける。

「オルガ王女のことは誤解だよ！　私が愛しているのは君だけだエステル！」

昨夜身体を穿ちながら囁いたことを繰り返すカレルに、エステルは顔を赤らめた。

ベッドの上でのことがありありと思い出されたのだ。

「あ、あの……カレル様、わかりましたから！　離してください……っ」

義父母だけならいざ知らず、給仕のメイドも執事もいるというのにこんな振舞いは刺激が強すぎる。

なんとか引き剥《は》がそうと腕を突っ張るがびくともしない。

羞恥で毛穴から蒸気を噴きそうになっていると、食卓に着いていた義母が冷たい声を上げた。

「カレル、口ではなんとでも言えます。特にあなたのように口が回る者は信用なりません」

昨日エステルが契約結婚のことまで説明したために、義母のカレルに向ける視線は恐ろしいほど怖いものになっている。

「まあ、そうですね」

「それになんですか、人の弱みにつけ込んで子を産んでくれなどと。こんなのが息子だなんて恥ずかしくて憤死してしまうわ！」

わなわなと手を震わせた義母は、今にもセットされたカトラリーを投げつけそうな勢いだ。

「そう、私は愚かでした。ですがエステルと一緒にいるうちに気づいたのです」

カレルは長い抱擁を解くとエステルの腰に手をまわしてまっすぐに母を見つめた。

「私はもうエステル以外の女性を目に入れないことにします」

「……幼い頃は神童と言われたのに、月日って残酷ね。劣化が激しいわ」

カレルのとんでもない発言を辛辣な言葉で切り返し、オレリアは大きくため息をつく。

きっとこの母子は昔からこういうやりとりをしてきたのだろう。

周囲も慣れているようだ。

義父が「とりあえず座りなさい」と促すと、驚くほど普通に着席する。

エステルもカレルにエスコートされて隣に腰を下ろすと、すぐに朝食が準備された。

「口でならなんとでも言えるわ」

義母が話を蒸し返す。まだ全然納得いってないと顔に書いてある。

「ええ、ですから食事の後に夫婦の語らいの時間を設けたいと思います」

「そうだな。まず二人で話し合うべきだ」

義父が頷いた。しっかりと話を頭に入れながら、優雅に食事を進めている様はさすが仕事ができる宰相閣下といったところだ。

義母はまだ言い足りないような顔をしていたが、最終的には『何かあったらすぐに言うのですよ！』とエステルに念押しして食事をとり始めた。

「エステルはいつからあんなに母と仲良しになったんだい？」

義母に睨まれながら食堂を後にしたエステルとカレルは広い庭を歩いている。

まだ完全に温まりきっていない朝の空気が清々《すがすが》しい。

しっかりと腰をホールドされながら歩くと歩き辛いのだが、カレルにそれを言うことは憚られる。

とても楽しそうな顔をしているからだ。

「お義母様とお会いするのは三度目ですが、とても良くしてくださっています。なぜだかわからないのですが」

きっとそういう御方なのだと一人頷いていると、カレルが首を捻る。

「いや、母は烈女として名を馳《は》せているからね。彼女に気に入られた人間はとても珍しい」

烈女とはまた穏やかではないと思ったエステルは、さきほどのカレルを圧倒するような義母の気迫を思い出し言葉を飲み込む。

（ううん……烈女か）

嫌いではない……むしろ好ましい。

「エステル」

立ち止ったカレルがエステルの腰を引き寄せ木の幹に押し付ける。

「なんですか？」

見上げると顎を取られ口付けられた。

しかしその秀麗な眉は顰められており、口付けしたことに満足しているようには見えない。

どうしたのかと視線を合わせると、カレルは苦い顔をして額を合わせてくる。

「私は誰よりもエステルのことを考えている自信がある。だからというわけではないが、エステルにも私のことを誰より長く考えていてほしい」

ぐりぐりと額を押し当てて低く囁くカレルは、有能な次期宰相閣下とは思えないほど可愛らしい。

エステルは腹の奥からなにやら得体の知れぬものがむくむくと湧き上がるような感覚を覚えて、ごくりと喉を鳴らした。

それはカレルにも伝わったようで、彼も同じように唾を呑む。

上下する喉仏が妙に艶っぽいと思っていると、再び唇が重ねられた。

今度は軽く合わせるだけでは終わらずに、貪るような深いものになる。

「カレル様、もう駄目、おしまい！　誰かに見られ……っ」

「見られてもいい。私のことだけ感じて」

なおも口付けをやめようとしないカレルに、エステルは真っ赤な顔で囁く。

「お部屋に戻ってからなら、もっとして差し上げますから」

カレルの胸元に置いた手のひらから激しく脈打つ鼓動が感じられ、エステルは苦笑する。嬉しさで自分の胸も同じように高鳴っていく。

「魅力的なエサを鼻先にぶら下げて交渉をするなんて、エステルは政治家に向いているかもしれない。一度しっかり話をしよう」

動揺しているのか、そんなことを早口に言ったカレルはエステルの手を引いて足早に庭を出る。どうやら仲直りの散策は終了のようだ。

これからはベッドの上でめくるめく夫婦の仲直りの交接が繰り広げられるのだろう。

そう思うとエステルは照れ笑いが止まらないのだった。


半年後エステルの妊娠が発覚すると、カレルは稀に見る過保護夫の名をほしいままにした。

十月十日《とつきとおか》経ち、予定日通りに生まれたのは男女の双子だった。

エステルはカレルの事前調査の通り安産で、多胎の割に長く苦しむことなく出産を終え、関係者を安堵させた。

男でも女でも無事に生まれてくれればそれだけでいいと願っていたエステルとカレルは、全方向に配慮したように生まれてきた嬰児《みどりご》を愛しげに抱いて大物になりそうだと笑いあう。

二年後には男児を、また翌年に双子の女児を授かりヴァルヴィオ公爵家は笑い声の絶えない賑やかな屋敷になった。

そうしてすくすくと育ったカレルとエステルの子供たちは各分野で才能を発揮する。

ある者は父や祖父の後を継ぎ公爵となり、ある者は同じく宰相となった。

外交官になり各国を股にかけて活躍する者もいれば、芸術に秀で美の体現者として崇められた者も、古いものが好きで、博物館の修復士として神の手を持つと言われる者もいた。

誰にもなにも強制したわけではないのに、進路がなぜか見事にばらけたと皆が不思議がったがそれぞれに好きなことをやっているため楽しげなのは幸いだ。

優秀な後継者たちによって、ヴァルヴィオ公爵家はますます栄えたという。

あとがき

はじめまして、こんにちは。小山内慧夢です。

このたびは『ワケあり公爵様との溺愛後妻生活　想像以上の甘々婚はじめます』をお手に取ってくださりありがとうございます。

早いもので、ガブリエラブックス様で書かせていただくのも、五冊目となりました。

みなさまのお陰です、本当にありがとうございます！

五冊も出すと、大体作者の傾向が皆様にもバレているような気がいたします。

『またコレ系かよ』とお思いの読者様、おっしゃる通り！

小山内はこういうのが好きなんです！

大体ヒロインはお金がない。けどメンタルつよつよ、でも恋愛における自己肯定感は低め。

そして鈍感で勘違い多めの素っ頓狂。

ハイスペヒーローに見染められ、なんやかんやあって幸せに暮らす！

何度擦っても楽しいんですよね。金太郎飴通ります、恐れ入ります！

さて、今回のお話は『後妻』をキーワードに妄想を広げました。

後妻は『一夜限りの～』でやりましたが、『結果的に後妻になってしまった』ではなく『後妻を全力で務めさせていただきます』という前のめりなのをやってみたかったのです。

『後妻』という言葉をどうすればコメディに調理できるのかと考えたところ、『ヒーローに不憫になってもらうしかない』という考えに行き着きました。

今作のヒーローであるカレルが超ハイスペな男でありながら、そこはかとなく不憫感が漂うのはそのせいです。それにしてもイケメンがイケメンであるほど不憫が楽しいのはなんでなんだろう、深い業を背負ったな……。

執筆中はそんなに苦労することもなく、予定通り書くことができたのですが、これを書いている頃から運動不足に拍車がかかりました。

気分転換に外を散歩することができなくなったのです……熊のせいで。

小山内が住んでいるのは田舎で熊がよく出る県なのですが、結構な近くで熊の目撃情報があります。もふもふ好きな我なれど、熊と仲良くできる気はしないのです。ええ、まったく。

床と壁があれば運動できると聞いたことがありますが、床と壁を内包する空間にはベッドやソファ、本やテレビ、動画など運動よりも魅力的なものが多数存在しているわけです。おやつとか。

もともとそんなに運動が好きというわけではないので、全部を熊のせいだというつもりはないのですが、適宜身体を動かすのは本当に大切だと身に沁みました。

椅子に座った形で身体が固定されてしまうのはよくない。

みなさまもデスクワークをしているときは、三十分に一回は立ち上がって身体を伸ばしたり足踏みしたりしましょう。

ガブリエラブックス様と言えば美麗なイラストで有名ですが、本書はなんと天路ゆうつづ先生が表紙と挿絵を担当してくださいました……！

いつも『素敵だなあ……』と指をくわえて見ていたあの、天路ゆうつづ先生が！　キャラデザからしてもう素敵すぎて神々しくて目が、目が蕩けてしまうぅ……っ！

ヒロインのエステルという名前が、天路先生とちょっとお揃いっぽくて嬉しい！

そしてカレルが麗しすぎて身悶えしてしまいます！

天路先生、本当に素敵なイラストをありがとうございます！

最後になりましたがいつも読んでくださる皆様、一緒に締め切りを戦ってくれる友人先輩たち、本作の刊行に携わってくださった皆様、本当にありがとうございます。

先行きが不透明でなかなか生き難い昨今ですが、皆様が少しでも心安らかに、そして時々クスッと笑える幸せが多くありますように願っております。

小山内慧夢

ガブリエラブックスをお買い上げいただきありがとうございます。
小山内慧夢先生・天路ゆうつづ先生へのファンレターはこちらへお送りください。

〒110-0016　東京都台東区台東4-27-5（株）メディアソフト
ガブリエラブックス編集部気付 小山内慧夢先生／天路ゆうつづ先生 宛

gabriella books

MGB-114

ワケあり公爵様との溺愛後妻生活
想像以上の甘々婚はじめます

2024年6月15日 第1刷発行

著　者　小山内慧夢《おさないえむ》

装　画　天路《あまじ》ゆうつづ

発行人　日向晶

発　行　株式会社メディアソフト
〒110-0016
東京都台東区台東4-27-5
TEL：03-5688-7559　FAX：03-5688-3512
https://www.media-soft.biz/

発　売　株式会社三交社
〒110-0015
東京都台東区東上野1-7-15
ヒューリック東上野一丁目ビル３階
TEL：03-5826-4424　FAX：03-5826-4425
https://www.sanko-sha.com/

印　刷　中央精版印刷株式会社

フォーマットデザイン　小石川ふに（deconeco）

装　丁　齊藤陽子（CoCo. Design）

ISBN 978-4-8155-4340-2